아픔에는
온기가 필요해

아픔에는 온기가 필요해

정신건강 간호사의 좌충우돌 유방암 극복기

초 판 1쇄 2024년 12월 20일

지은이 박민선
펴낸이 류종렬

펴낸곳 미다스북스
본부장 임종익
편집장 이다경, 김가영
디자인 임인영, 윤가희
책임진행 김은진, 이예나, 김요섭, 안채원, 장민주

등록 2001년 3월 21일 제2001-000040호
주소 서울시 마포구 양화로 133 서교타워 711호
전화 02) 322-7802~3
팩스 02) 6007-1845
블로그 http://blog.naver.com/midasbooks
전자주소 midasbooks@hanmail.net
페이스북 https://www.facebook.com/midasbooks425
인스타그램 https://www.instagram.com/midasbooks

© 박민선, 미다스북스 2024, *Printed in Korea*.

ISBN 979-11-6910-990-1 03810

값 19,500원

미다스북스는 다음세대에게 필요한 지혜와 교양을 생각합니다.

아픔에는
온기가 필요해

정신건강 간호사의
좌충우돌 유방암 극복기

박민선 지음

미다스북스

5장 │ 이제라도 깨달아 다행이다

아파트 후문을 나서니 맞은편에 높은 울타리가 쳐져 있었다. 울타리에는 현수막과 전단이 덕지덕지 붙었다. 아파트를 짓는 공사가 한창 진행되고 있었다. 약속이 있는 '비버 카페'에 들어섰다. 동네 언니가 반갑게 맞아 주었다. 우리의 관심은 새로 짓는 아파트에 쏠렸다. 아파트 가격과 입주 시기에 귀가 쫑긋해졌다. 새로 짓는 아파트로 이사 가면 얼마나 좋을까 싶었다. 그 찰나였다. 언니는 이사할 계획으로 입주권을 사고 중도금을 지급했다고 말했다. 우리는 새집으로 이사할 사정이 안 됐다. 얼마 전에 나는 퇴직을 했다. 두 사람이 벌다가 한 사람이 벌게 되니 허리띠를 졸라매야 했다. 머릿속으로 계산기를 돌렸지만, 이사는 불가능한 일이었다. 돈이 없어서 이사를 못 한다는 결론에 이르렀다. 돌아오는 발걸음이 무거웠다. 어차피 내 것이 아니라면 머릿속에서 밀어내기로 했다. 안 될 일이라면 포기가 빠를

수록 정신건강에 좋다. 무엇보다 건강이 우선이다. 아프기 전과 다르게 살기로 했다. 욕심을 버리고 가볍게 살면 더 행복할 수 있다.

나의 삶을 되돌아보면 유방암을 진단받기 전과 후로 나뉜다. 5년 전에 유방암을 진단받았다. 유방암 진단 후 수술과 항암 치료, 방사선치료 3종 세트의 과정을 견뎌야 했다. 처음 유방암인 걸 알았을 때는 '암'이라는 진단에 압도되었다. 때론 억울하고 화가 났으며 죽을지도 모른다는 두려움에 휩싸이곤 했다. 치료가 본격적으로 돌입되면서 육체적인 고통에 몸부림쳤다. 항암 치료를 받으면서 머리카락이 빠지고 부작용에 시달렸다. 고비를 넘으면 또 고비가 왔고 아픈 날은 계속되었다. 아플수록 정신력은 강해졌고 이겨 내고 싶었다. 치료에 지쳐서 '죽고 싶다'라는 말이 입에서 맴돌던 날 마음 깊은 곳에서 '살고 싶다'라는 울림이 들렸다. 살고 싶다는 울림은 온몸으로 전해져서 삶에 대한 애착이 되었다. 평소에 '힘들어 죽겠다', '더워 죽겠다', '배고파 죽겠다'라고 '죽겠다'라는 말을 쉽게 했다. 더는 장난이라도 '죽겠다'라는 말은 하지 않기로 했다. 죽을 만큼 힘들어서 바닥까지 내려온 순간 알았다. 삶이 얼마나 소중한지. 가족을 얼마나 사랑하는지. 그 후 새로운 시각으로 삶을 바라보게 되었다. 새 아침이 선물처럼 내게 왔다.

유방암으로 어쩔 수 없이 2년을 휴직했다. 일은 나의 밥줄이며 생명줄이었다. 일을 그만두면 큰일이 나는 줄 알았다. 휴직한 2년 동안 치료에 집중했으며 새로운 경험을 하게 되었다. 캠핑으로 삶의 재미를 찾았다. 새로운 사람들과 인연이 시작되었다. 가족들과 함께하는 시간이 많아졌다. 휴직 동안 치료를 잘 마쳤으며 많은 경험을 통해 성장할 수 있었다.

자연의 맛을 알았다. 캠핑을 통해 자연 속에 머물렀다. 텐트 아래에 앉아서 불어오는 바람을 맞으며 여유를 즐겼다. 그 순간은 세상 부러울 게 없었다. 불면증으로 괴로워하던 날에도 물소리를 들으면 잠을 잘 수 있었다. 캠핑을 가면 아이들에게 나뭇가지와 흙은 놀잇거리가 되었다. 나뭇가지로 칼싸움을 했고 흙으로 소꿉놀이를 했다. 우리 가족에게 자연은 선물이었다. 시간이 흐르면서 건강은 점차 회복되었고 아이들은 자연 속에서 건강하게 성장했다.

사람의 정을 느낄 수 있었다. 독서 모임 회원들은 내가 아프다는 것을 알고 위로해 주고 음식을 마련해 주었다. 친구들은 힘들 때마다 위로해 주었고 고비 때마다 힘이 되었다. 어려운 일은 나누면 반이 되고 기쁜 일은 나누면 두 배가 된다는 것을 경험했다. 치료를 마친 기념으로 친구와 함께 부산 여행을 떠났다. 해운대 바다는 유난히도 아름다웠다. 바다를 바라보며 친구와 함께 감탄했다. "바다가 너무 예쁘다."라고 말했다. 마음을 표현하고 서로 나누니 더 행복했다. 함께 했던 여행은 마음속에 오래 남아서 추억이 되었다. 사람은 서로에게 기대며 살아가는 연약한 존재다. 흔들리는 순간마다 주변 사람들이 나를 버티게 했다. 돌이켜보면 많은 사람이 나를 도와주었다. 함께 견뎌 주고 아낌없이 응원해 주었다. 힘들 때 내 손을 잡아 주었듯이 이젠 내가 먼저 손 내미는 사람이 되고 싶다.

가족이 소중해졌다. 힘든 시기 동안 가족들은 늘 곁에 있었다. 맑은 날도 있었지만 흐린 날이 더 많았다. 힘든 날이면 아이들은 고사리 같은 손으로 내 이마를 만져 주었다. 속이 울렁거려서 못 먹는 날에는 과일을 내 입에 넣어 주었다. 아이들이 곁에 있어서 아픈 날에도 힘을 낼 수 있었다. 남편은 나를 위해 부지런히 텐트를 폈다 접기를 반복했다. 자연 속에서 가족과 함께하며 사랑으로 점차 회복되었다. 아픈 시간에도 아이들은 자라고 성장했다. 끝없이 펼쳐진 하늘 아래에서 자연이 훌륭한 놀잇거리가 되었다. 아이에게 자연은 친구이자 선물이다. 함께 이겨 낸 아픔은 가족을 끈끈하게 엮어 주었다.

"인생은 아름답다."

이 문장이 이해되는 순간이 찾아왔다. 유방암을 치료하는 과정에서 우울증을 겪었다. 삶이 재미가 없었다. 인생은 암흑이었다. 유방암과 우울증으로 일상이 들쑥날쑥해졌다. 알 수 없는 울퉁불퉁한 날을 건너야 했다. 시간은 무심히 흘러갔다. 2년 후 유방암을 극복하고 일상으로 돌아왔다. 다시 만난 일상은 아름다웠다. 반복되는 지긋지긋한 하루가 아니었다. 평범한 일상에서 행복을 느낄 수 있었다. 아픔을 이겨 내는 과정에서 행복은 외부에 있는 것이 아니라 내 안에 있다는 것을 발견했다. 외적인 조건을 채워가려는 노력을 그만두었다. 마음에 집중하고 작은 행복을 찾아가려고 노력했다. 소소한 행복이 쌓이면서 삶은 조금씩 나아졌다. 살다 보면 다시 고난이 찾아올지도 모른다. 일상을 소중하게 여기고 감사한 마음으로 살아간다면 어떤 역경도 극복할 수 있을 것이다.

이 책은 1장 「행복과 멀어진 일상」, 2장 「깨달음은 늘 한 박자 뒤에」, 3장 「내가 뭘 그렇게 잘못한 건데」, 4장 「새로운 인생이 다가왔다」, 5장 「이제라도 깨달아 다행이다」 순서의 목차로 구성되어 있다. 1, 2장에는 20대와 30대를 어떻게 살아왔는지 적었다. 3, 4장에는 유방암 치료를 받으며 실제 경험한 내용을 썼다. 4, 5장에는 고비를 넘으면서 알게 된 점을 담았다. 유방암을 진단받은 후 오르락내리락하는 감정과 흔들리는 일상을 붙잡기 위해 부단히도 애를 썼다. 암을 이겨 내는 과정에서 지혜를 배우고 감사하는 마음을 갖게 되었다. 유방암을 극복하기 위해 부단히 애쓴 노력이 읽는 이들의 마음에 닿길 바란다.

1장

행복과 멀어진
일상

남들보다 성공하고 싶었다. 부지런히 노력하면 성공할 줄 알았다. 하지만 남들의 잣대에 나를 맞추어 사는 인생은 고달팠다. 성공을 붙잡으려 아등바등하는 동안 행복이 달아났다. 행복을 잡으려 노력했지만 쫓아갈수록 멀어져 갔다.

1.

간호사가
되다니

   대학교를 졸업하는 날이었다. 간호사가 되다니 설레는 일이었다. 졸업 기념 사진을 찍는 동안 입이 다물어지지 않았다. 가슴을 펴고 씩씩하게 걸었다. 간호사가 되었으니 먹고사는 일은 걱정 없다고 생각했다. 앞날을 생각하니 가슴에 몽글몽글 희망이 피어올랐다. 졸업식에 참여한 사람들은 다들 들뜬 모습이었다. 핑크빛 앞날을 기대하며 마냥 즐거웠다. 초보 간호사의 길이 얼마나 험난할지 짐작하지 못했다.

   간호사복을 입고 출근하는 날이었다. 같은 병원으로 취업한 미영이와 함께 택시를 탔다. 병원은 언덕 위에 있었다. 올라가는 길에 급경사를 만났다. 급하게 내려오는 차와 하마터면 부딪힐 뻔했다. 가까스로 내려오는 차를 피했다. 첫 출근부터 예감이 좋지 않았다. 불길한 예감은 잠시였다. 병원에 도착했다. 같이 입사하는 동기들이 먼저 와 있었다. 모두 아는 얼굴들이었다. 동기들은 환한 표정으로 맞아 주었다. 미영이와 나를 포함하여 신입 간호사는 다섯 명이다. 교육 담당 수간호사의 안내를 받으며 교육실로 들어갔다.

병원 소개를 듣고 기초적인 교육이 진행되었다. 신입 간호사 교육이 종일 이어졌다. 마지막 시간이 되었다. 앞으로 일할 부서를 발표하는 일만 남아 있었다. 쉬는 시간은 동기들의 수다로 왁자지껄했다. 다들 얼굴에는 생기가 돌았고 장난기가 가득했다. 교육 담당 수간호사가 들어왔다. 일제히 수간호사에게 시선이 쏠렸다. 잠시 정적이 흘렀다. 수간호사는 한 명씩 호명했으며 해당 부서를 또박또박 발표했다. 신입 간호사들은 병동과 응급실, 수술실로 각각 배치되었다.

32병동에 배치되었다. 외과 병동이었다. 추가적인 교육 없이 업무에 투입되었다. 이젠 실습생이 아니었다. 바로 간호사로 업무를 해야 했다. 담당 수간호사와 인사를 나누었다. 수간호사는 옅은 미소를 지었다. 야무지게 입을 다물고 내게 손을 내밀었다. 얼떨결에 수간호사의 손을 잡았다. 손에서 땀이 나고 침이 바짝바짝 말랐다. 헛기침하며 마른침을 삼켰다. 첫 임무는 병동을 순회하는 일이었다. 수간호사의 뒤를 따라다니며 환자를 파악했다. 메모지를 들고 있는 손이 미세하게 떨렸다. 설명을 듣고 메모하려는데 다음 환자로 넘어갔다. 빠른 속도로 진행되어 메모할 틈은 없었다. 수간호사의 말이 들리지 않았다. 첫 번째 병동 순회는 얼떨결에 끝나 버렸다. 숨을 쉴 틈도 없이 다음 업무가 진행되었다. 선배를 따라다니며 일을 배우는 것이 두 번째 임무였다. 선배 간호사는 한시도 쉴 틈이 없었다. 병동 물품 체크를 시작으로 환자 기록, 협약, 당뇨 체크, 약 투여가 이어졌다. 선배의 얼굴은 무표정했다. 옆에 있는 내게 눈길조차 주지 않았다. 쳐다보지 않는데 설명은 기대조차 할 수 없었다. 선배는 일을 가르쳐 줄 마음이 없어 보였다. 한참 시간이 흐른 후 선배는 입을 열었다. "잘 봐. 앞으로 네가 해야 할 일이야."라고 무심하게 던졌다. 학교 다닐 때처럼 친절하게 가르쳐 주는 사람은 없었다. 눈치껏 혼자 배워야 했다. 이제 실전이다. 정신 차려야 한다.

　초짜 간호사였다. 학교에서 배운 이론과 실습이 전부였다. 학교에서 배운 실습과 병원 현장은 확연하게 차이가 났다. 실수가 허용되지 않았다. 이제부터 처치하는 모든 일에 책임져야 한다. 주사를 놓고 처치하는 일마다 신경이 곤두섰다. 이제 시작이니 배우면서 일하면 된다. '처음부터 기죽을 필요는 없다.'라고 생각했다.

　주사 놓는 법부터 배워야 했다. 주사는 이론보다는 실제로 해보고 감을 익히는 게 중요했다. 선배에게 물어보고 싶은 게 많았다. 궁금한 점을 물어볼 틈이 좀처럼 생기지 않았다. 선배는 늘 정신이 없었고 병동을 바쁘게 돌아다녔다. 이젠 내게도 근무시간 내 해야 할 일들이 빼곡해졌다. 나의 얼굴에서 웃음기가 사라진 지 오래되었다. 출근하면서 메모해 둔 '오늘의 업무'를 챙겼다. 근무시간 내 마칠 수 있을지 걱정되었다. 급한 처치를 마무리하고 물품을 정리했다. 환자들의 불편 사항을 처리해야 했다. 환자들이 식사를 마치기 전에 약을 돌렸다. 간호 처치한 내용을 기록했다. 메모해 둔 일을 마치니 추가로 처방이 나와 있었다. 일은 끝나지 않았다. 잠시 쉬려고 의자에 앉았다. 자리에서 일어나는데 머리가 핑 돌았다. 의자를 잡고 한참 서 있었다. 아직 해야 할 일이 남아 있었다. 아프면 안 된다. 이를 꽉 물었다.

입사한 지 한 달이 지나니 체력이 바닥났다. '시간이 지나면 나아질 거야.'라며 간신히 버텨 냈다. 퇴근하면 몸은 물먹은 솜처럼 무거웠다. 누적된 피로와 스트레스로 인해 입사 때 무장한 정신력은 쉽게 무너졌다. 자려고 누우면 고장 난 수돗물처럼 눈물이 흘렀다. 이제 입사한 지 3개월이 되었다. 일이 익숙해지고 있었다. 밤 근무에 투입되었다. 더는 보고 배울 선배가 없었다. 혼자서 해내야 했다. 병동 순회를 하고 환자들을 살폈다. 투약이 있는지 확인하고 추가로 처방된 약을 돌렸다. 환자들은 깊은 잠에 빠져 있었다. 창문을 바라보니 보름달이 환하게 병실을 비추었다. 시선이 빈 침대에 꽂혔다. 보는 사람은 아무도 없었다. '딱 5분만 누워 볼까.' 유혹에 빠졌다. 침대를 한참 쳐다보다가 간호사실로 발길을 옮겼다. 유난히 바빴던 근무를 마치고 집에 돌아왔다. 눕자마자 잠이 들었다. "민선아! 밥 먹어라." 누군가 나를 깨우는 소리가 들려서 잠에서 깼다. 엄마는 퇴근해서 밥을 안 먹고 잔다고 걱정이었다.

신입 간호사 일을 배우면서 혹독한 시기를 보냈다. 바쁜 일정 속에서 눈치를 보며 업무에 숙달해야 했다. 일을 배우는 동안 스트레스가 높았다. 스트레스를 감당하기 어려울 때마다 어지러운 증상이 생겼다. 선배들의 눈초리에 자꾸 주눅이 들었다. 세상에 쉬운 일이 하나도 없다고 하더니 실감이 되었다. 입사 동기들도 힘든 건 마찬가지라고 했다. 비슷한 상황에 있으니 동기들의 마음이 이해되었다. 동기들의 끈끈한 연대는 나를 버티게 했다. 시간이 나면 동기들과 밥을 먹고 술도 마셨다. 동기들의 응원을 들으면 힘이 났다.

동기들과 회식하는 날이었다. 술잔을 기울이며 좋은 날이 올 거라고 위로했다. 시간이 흐를수록 체력 저하와 어지럼증은 점차 심해졌다. 병원에 가서 검사를 받았지만 특별한 문제는 없었다. 스트레스 때문이라는 최종 결과가 나왔다. 멋진 간호사가 되겠다는 꿈은 일순간 쪼그라들었다. 눈을 뜨니 아침이 되었다. 어김없이 출근해야 한다. 준비한 후 현관문을 열고 밖으로 나왔다. 날씨가 제법 쌀쌀했다. 찬바람이 점퍼 속으로 파고들었다. 주섬주섬 옷을 여미고 단추를 하나씩 채웠다. 그때 '딩동!' 동기에게서 문자가 왔다. '오늘 근무도 잘하자. 힘내자!'라고 쓰여 있었다. 동기의 응원 문자를 받으니 힘이 났다. '그래, 오늘도 해 보는 거야.'라며 마음을 다잡았다. 함께하는 사람이 있다는 것은 인생의 힘든 순간을 견디는 힘이 된다. 동기들과 함께 병원을 지켜 내겠다며 다부지게 마음먹었다.

2.

건강에 울린
경고신호

정신건강 복지센터에 근무한 지 20년이 되었다. 그동안 쉬지 않고 달려왔다. 20년 동안 나는 많이 변해 있었다. 미혼 아닌 기혼이 되었다. 동해를 떠나 대전으로 왔다. 아들, 딸을 품에 안았다. 센터에서 팀원이 아닌 팀장이 되었다. 바쁜 일상을 살던 어느 날 유방암이 찾아왔다. 반복되던 일상이 멈추었다. 몰아치는 폭풍우 속에 혼자 비바람을 맞고 있는 기분이 들었다. 아프더라도 일은 내려놓고 싶지 않았다.

학창 시절에 경제적으로 어려운 시기를 보냈다. 어른이 되어서도 돈에 대한 집착이 남달랐다. 일은 밥벌이며 곧 나의 생명줄이었다. 치료를 위해 어쩔 수 없이 일을 내려놓기로 했다. 워킹맘의 고단한 일상을 견뎠으나 결과는 최악이었다. 열심히 살아왔는데 '암 환자'라니 믿기지 않았다. 아이 둘을 키우는 워킹맘의 일상이 어찌 녹록하단 말인가. 아프고 힘든 게 당연하다고 생각했다. 바쁘고 잠 못 자는 건 보통이었다.

젊으니 괜찮다는 안일한 대처가 문제였다. 돌이켜서 생각해 보니 건강은 경고신호를 보내고 있었다. 신호인 줄 모르고 가볍게 지나쳤다. 2년 전, 유방에 양성종양이 생겨서 맘모톰을 한 적이 있었다. 맘모톰은 종양을 제거하는 간단한 시술이었다. 의사는 6개월마다 추적 검사를 하자고 했다. 젊다고 의사의 처방을 귀담아듣지 않았다. 제때 병원에 가지 못했다. 건강관리가 필요한 시점이었지만 경고신호를 무시했다. 자주 검사하고 조금 더 신경 썼으면 어땠을까. 경고신호를 놓친 것이 아쉬웠다. **몸이 보내는 신호를 민감하게 반응하고 알아차리는 것이 무엇보다 중요하다.**

어렸을 때 꿈은 의상 디자이너였다. 패션에 민감했다. 때와 장소에 맞춰 옷을 챙겨 입어야 했다. 곧 여름이 되었다. 봄에 입던 옷을 집어넣고 여름 옷을 꺼냈다. 옷 정리가 끝났다. 입을 옷이 마땅치 않았다. 작년에 산 옷이 어디 간 걸까. 옷을 찾을 수 없었다. "여보, 입을 옷이 없어."라고 남편에게 투덜거렸다. 남편이 "여자들은 늘 옷이 없다고 해. 그건 우리 엄마도 그랬어."라며 시큰둥하게 반응했다. 더 말하기 싫어서 입을 다물었다. 집안 전체를 뒤지며 다녔다. 베란다에 꽁꽁 싸맨 상자 하나가 보였다. 뚜껑에는 먼지가 내려앉아 있었다. 물걸레로 문질러서 먼지를 닦아 냈다. 상자를 열어 보니 옷이 한가득 있었다. 모두 내 것이었다. 옷을 찾아서 다행이지만 정리가 만만치 않아 보였다. 어차피 해야 할 일이다. 옷을 한두 개씩 꺼냈다.

'언제 정리하지? 미쳐 버리겠다.'라고 속으로 생각했다. 남편이 보기 전에 정리를 마쳐야 했다. 이 모습을 보면 잔소리할 게 분명했다.

지금 필요한 건 속도였다. 어느 때보다 손이 빨라졌다. 정리하다 보니 못 입는 옷이 보였다. 늘어나고 색이 바래서 볼품없는 티셔츠가 눈에 띄었다. 버려야 할 옷을 한쪽에 쌓아 두었다. 어느새 쌓인 옷은 산더미가 되었다. 입지도 못할 옷가지를 1년 동안 고이 모셔 놨으니 '쯧쯧' 혀를 찼다. 입을 수 있는 옷을 골라냈다. 정리하다 보니 포장을 뜯지 않은 옷도 있었다. 옷을 새로 샀으면 큰일 날 뻔했다. 남편이 들어오기 전에 서둘러서 정리를 끝냈다. 셔츠는 다려서 걸어 두었고 티셔츠와 바지는 서랍에 가지런히 넣었다. 정리를 마치고 나니 입을 만한 옷이 제법 눈에 보였다.

계절이 지날 때마다 옷을 정리하듯 시기마다 생각을 정리해야 한다. 정리되지 않는 생각은 머릿속에서 엉키고 만다. 마흔이 넘으니 '나만의 생각'을 갖게 되었다. 좋게 표현하면 개성이지만 나쁘게 표현하면 고정관념일 수 있다. 하루에도 오만가지 이상의 생각이 뜨고 졌다. 모든 생각을 다 알아차리며 사는 것은 아니다. 모든 생각을 통제한다는 건 불가능한 일이었다. 머릿속에서 정리되지 않은 생각들은 나를 괴롭혔다. 복잡한 생각들이 나의 에너지를 갉아먹었다. 실타래처럼 엉킨 생각들은 결국 마음에 영향을 미쳤다. 퇴근하는 차 안에서 끝내지 못한 회사 일로 머리가 복잡했다. 집에 오니 내 손길을 기다리는 집안일이 가득했다. 아이들이 나의 퇴근을 기다리고 있었다. 집에 오니 아이들을 돌볼 에너지는 남아 있지 않았다. 손 하나 까딱하고 싶지 않았다. 조용히 안방에 들어와서 침대에 누웠다. 은지가 엄마를 찾았다. "은지야, 엄마 잠깐만 쉴게."라고 말했다. 침대에 누웠다. 은지의 목소리가 다급해졌다. "은지야, 아빠한테 얘기해."라고 겨우 대답했다. 한마디 말조차 내뱉기가 귀찮았다.

주기적으로 겪는 권태기였다. 머릿속에 수시로 떠오르는 생각을 처리하지 못하고 있었다. 어김없이 '생각 과잉 현상'이 찾아왔다. 몸은 쉬고 있었지만, 에너지를 강탈당했다. 생각 정리가 필요했다. 몸이 천근만근 무거웠지만 일어났다. 복잡한 생각을 연습장에 적어 보기로 했다. 생각을 빈 종이에 끄적거렸다. 골치 아픈 생각들을 하나씩 끄집어냈다. 직원들과 관계는 풀리지 않는 숙제 같았다. 떠오르는 생각을 있는 그대로 써 보기로 했다. '직원들이 내 마음대로 되지 않는 날'이라고 쓰여 있었다. 적힌 글씨를 물끄러미 바라봤다. 낮에 직원들에게 성과를 높이자고 잔소리를 했던 일이 기억이 났다. 직원들의 표정이 뿌루퉁해졌다. 일을 잘하자고 말한 것인데 오히려 역효과가 났다. 직원과의 관계에 문제가 생겼다. 우리 팀이 더 좋은 성과를 냈으면 해서 한 말이었다. 팀장의 잔소리가 팀원들에게 좋게 들릴 리 없다. '업무 성과'와 '직원 관계' 사이에서 갈등하고 있었다. 마음을 글로 쓰다 보니 직원들과 소통하고 싶은 마음을 알아차렸다. '직원이 내 마음대로 되지 않는 날'은 '직원과 소통하고 싶은 날'이 되어 있었다.

어쩔 수 없이 휴직했다. 치료와 일을 병행하는 것은 무리였다. 고민 끝에 2년간 쉬기로 했다. 매일 하던 출근을 하지 않았다. 무엇을 해야 할지 모르겠다. 일하는 거 말고는 할 줄 아는 것이 없었다. 일하는 동안에는 쉬고 싶었다. 쉬는 시간이 생기니 막상 무엇을 해야 할지 몰랐다. 아픈 시기에 혼자 있는 것은 독이 되었다. 부정적인 생각이 꼬리에 꼬리를 물었다. 결국 '20년 직장 생활로 얻은 건 유방암뿐이다.'라는 결론에 이르렀다. '암 환자'가 된 억울함을 세상 탓으로 돌렸다. 젊은 나이에 암 환자라니 인생이 아까웠다. 심장이 불덩이처럼 끓어올랐다. 얼굴이 뜨겁게 달아올랐다. 감정은 절정으로 치닫고 있었다. 불은 쉽게 꺼지지 않았다.

원망으로 뜨거워진 마음을 글로 적었다. 떠오르는 대로 써 내려갔다. 쓴 글을 다시 읽어 보았다. 모든 원인을 일 탓으로 돌리고 있었다. 일이 나와 가족을 먹여 살렸다. 일을 좋아해서 몰두한 때도 있었다. 어쩔 수 없다면 받아들이기로 했다. 변화가 필요했다. 새로운 사람을 만나고 자기 계발을 하기로 했다. 자기 계발 커뮤니티 '다 꿈 스쿨'과 'MKYU'에 가입했다. 열심히 살아가는 회원들을 보니 생기가 느껴졌다. 커뮤니티 회원들은 주변에서 만나던 사람과는 달랐다. 자기 계발에서 만난 회원들은 아침형 인간이었다. 새벽 5시에 기상하여 '미라클 모닝'을 외쳤다. 아침에 일어나기 힘들었다. '미라클 모닝'을 실천하는 회원들이 대단하게 느껴졌다. 새벽 5시에 아침 명상을 공유하며 아침을 깨우는 사람을 보며 감탄했다. 그들의 하루는 치열했다. '암 환자'라고 징징거리는 것을 그만두었다. 징징거린다고 달라지는 것은 없었다. 암 치료를 어떻게 견딜지 고민하는 편이 나았다. 어쩌면 일찍 암을 발견한 것은 행운일지도 몰랐다. 치료받으면 회복할 수 있다. 건강을 회복하기 위해 할 수 있는 일을 찾아야 한다.

저녁이 되었다. 하루를 돌아보며 일기를 써 내려갔다. 잠시 생각에 잠겼다. 문득 일이 그리워졌다. 입에서는 '출근하고 싶다.'라는 말이 새어 나왔다. 일하는 모습을 머릿속으로 그렸다. 생각해 보니 일하는 시간은 가장 '나다운 시간'이었다. 일하는 동안은 힘들다고 투정했다. 일을 쉰 지 얼마나 되었다고 다시 일하고 싶어졌다. 일하는 동안에는 돈을 벌기 위해 일을 한다고 생각했다. 내가 일이 좋아서 한다는 생각은 하지 못했다. 다시 일할 기회가 있다면 열정을 다할 것이다. 아프기 전에는 내가 가진 것에 대한 소중함을 몰랐다. 건강을 잃어 본 후에야 건강이 소중한 것을 알았고 일을 내려놓은 후에야 일이 소중한 것을 알게 되었다. 당연한 것은 아무것도 없다. 내가 가진 것을 소중히 여기고 감사한 마음으로 살아야 한다. 감사한 마음은 행복한 삶의 밑바탕이 되어 줄 것이다.

3.

성공보다
선택이 먼저

직책이 성공의 잣대라고 생각했다. 35세에 팀장이 되었다. '대전 지역 최연소 팀장'이라고 불리는 것은 나쁘지 않았다. 팀장이 되었으니 '성공'이라고 믿었다. 직책이 생긴 만큼 삶도 나아질 거라고 기대했다. 팀장이 된 지얼마 지나지 않아서 알았다. 팀장과 팀원은 책임의 무게가 달랐다. 진급에 대한 기쁨을 미처 누리기도 전에 무거운 책임에 허덕이고 있었다. 크고 작은 일을 수시로 결정해야 했다. 나의 결정을 기다리는 팀원들의 눈빛을 보고 있으면 숨이 막혔다. 팀원일 때와 차원이 다른 스트레스에 짓눌렀다. 팀장이 되는 것은 곧 성공이라는 공식은 쉽게 무너졌다.

미주가 환한 미소로 청첩장을 내밀었다. 핑크빛의 청첩장에는 '신부 함. 미. 주.' 이름이 박혀 있었다. 스물일곱 살의 꽃다운 나이에 미주는 '5월의 신부'가 되었다. 웨딩드레스에서 빛이 났다. 미주에게 다가가 축하한다는 인사를 건넸다. 내 눈에 비친 신부는 완벽했다. 잘록한 허리가 드러나는 드레스로 몸매를 과시했다. 미주는 결혼식 내내 환하게 웃고 있었다. 내게도 저런 날이 올까. 결혼하고 싶었다. 결혼은 마치 행복으로 들어가는 관문처럼 느껴졌다.

스물일곱 살의 왕성한 혈기는 결혼에 대한 환상을 갖게 했다. 결혼한 후 갖게 되는 책임을 가볍게 생각했다. 결혼은 현실의 민낯이라는 걸 뒤늦게 깨달았다. 남들처럼 결혼하면 외롭고 허전한 마음을 치유할 수 있을 거라고 믿었다. 남들과 비교하는 열등감까지 해결해 줄 것만 같았다. 결혼은 현실이었으며 아이를 낳는 순간 막대한 책임이 뒤따른다는 것을 나중에 알았다. 결혼하는 순간부터 먹고사는 문제와 아이에 대한 책임으로 무거운 짐을 지게 되었다. 환상은 잠시였다. 꿈꾸던 환상이 현실 앞에서 쉽게 무너졌다.

친구들은 나를 '민군'이라고 불렀다. 여자인 내게 '양'이 아닌 '군'이 붙은 건 털털하고 중성적인 느낌 때문이었다. 대학 때부터 죽고 못 사는 친구는 여자가 아닌 남자였다. 친한 오빠들은 나를 남동생으로 취급했다. 나 역시도 그들을 '형'이라고 불렀다. 형들과 술을 마시며 젊은 혈기를 불태웠다. 남동생인 듯 중성적인 나에게도 봄날이 찾아왔다. 나를 예쁘다고 하는 남자가 나타났다. 옆 테이블에 앉아서 나를 쳐다보는 시선이 느껴졌다. 호감이 있다며 만나자고 제안했다. 선뜻 만날 용기가 나질 않았다. 알고 나면 실망할 게 분명했다. 친구들에게 '민선 양'이 아닌 '민선 군'이라고 불린다는 것을 알리고 싶지 않았다. 결국, 만나지 못했다. 나이는 늘어 갔지만 제대로 된 연애 경험이 없었다. 결혼하겠다는 생각으로 여러 번 소개팅 했다. 소개팅은 모두 한 번의 만남으로 끝이 났다. 두 번째 만남으로 이어지는 남자는 없었다. 소개팅의 횟수가 쌓여 갔다. 두 번째 만남으로 이어지지 않는 소개팅은 소모적이었다. 내게 결혼 따위는 어울리지 않았다. 시간이 지나면서 결혼에 대한 마음이 시들었다.

친구의 권유로 한 번 더 소개팅 하기로 했다. 대전에 사는 남자였다. 소개팅 하기로 했지만 큰 기대는 하지 않았다. 전날 주희 집에서 하룻밤을 묵었다. 소개팅 날이 되었다. 주희와 함께 지하철을 타고 소개팅 장소에 나갔다. 만나기로 한 장소는 세이백화점 1층 스타벅스였다. 주희와 나는 스타벅스 안을 두리번거렸다. 주희의 시선이 한 남자에 꽂혔다. 주희는 "저기 저 남자야. 민선아, 미안해."라는 말을 남기고 커피숍을 빠져나갔다. 나의 소개팅 상대로 보이는 남자는 키가 작았다. 그는 분홍색 스웨터를 입고 있었다. 나이가 들어 보였다. 기대하던 남자 스타일이 아니었다. 적당히 시간을 보내다가 헤어질 생각이었다. 대화를 나누다 보니 첫인상과는 달리 말이 잘 통했다. 내 말에 귀 기울여 들어 주었다. 잘 웃고 서글서글한 인상이 좋았다. 이 남자가 왠지 마음에 들었다. 첫 만남이었지만 우리의 대화는 꽤 진지해졌다. 주제는 좋아하는 음식에서 미래에 어떤 인생을 살고 싶은지로 넘어갔다. 이날의 만남은 우리를 부부의 인연으로 엮어 주었다.

남들처럼 살면 '성공'이라고 생각했다. 남들처럼 취업 후 결혼했다. 결혼하고 아이 둘을 낳았다. 인생은 순조롭게 흘러가는 듯 보였다. 남들과 비슷한 모습으로 살고 있었다. 정신없이 바쁘게 살았지만, 가슴 한편이 허전했다. 남들의 잣대에 맞춘 삶은 내 마음을 채워 주지 못했다. 잘 살고 있는 게 맞는지 나에게 묻고 싶었다. 질문이 채 끝나기도 전에 일상을 살아 내느라 급급했다. 어떤 삶을 살고 싶은지 답을 찾지 못한 채였다. 남들처럼 살아야만 성공하는 것이 아니었다. 꼭 성공한 삶을 살아야만 하는 것도 아니었다. 성공보다는 순간을 음미하면서 살아가는 것이 우선일지도 몰랐다. 마흔의 길목에서 삶을 다시 바라보게 되었다. 내 눈에 비친 나는 타인의 시선에 신경 쓰며 아등바등 살고 있었다. 나의 잣대가 아닌 타인의 잣대에 맞춰서 사는 삶은 고달팠다.

성공이 아니더라도 내가 선택한 인생을 살고 싶다. 다른 사람에게 보이기 위한 성공은 아무짝에도 쓸모가 없다. 팀장이라는 직책은 남들에게 보이기는 좋았으나 무거운 책임감에 짓눌렀다. 팀장이 된 후에 알았다. 팀장의 직책은 내게 맞지 않는 옷이었다. 남들의 기대에 맞춰 쌓아 올린 모래성은 쉽게 무너졌다. 김수현 작가 『나는 나로 살기로 했다』에서는 '자신이 기대했던 모습은 아닐지라도 스스로가 초라하게 느껴지는 걸 견뎌야 할지라도 변명을 털어 낸 진짜 자기 자신과 마주하자.'라고 했다. 진짜 나의 모습은 무엇일까. 그동안 애써 쌓아 올린 모래성이 쉽게 흔들렸다. 나는 어떤 삶을 살고 싶은지. 어떤 사람이 되고 싶은지 알고 싶었다. 허울만 멀쩡하고 알맹이가 없는 삶처럼 느껴졌다. 내가 누구인지 무엇을 원하는지 내게 질문했다. 가치관으로 단단하게 인생의 바닥을 다졌을 때 불어오는 바람에 흔들리지 않을 수 있다. 흔들리는 삶을 다시 세우기로 했다. 무너진 모래성 위에 기둥을 세우고 조금씩 쌓아 가면 된다. 내가 원하는 삶을 살기로 했다. 언제 행복한지. 어떻게 살고 싶은지 찾아가야 한다. 묻고 답하면서 하나씩 채워 가면 된다. 나의 선택으로 쌓아 올린 둑은 무너지지 않는 단단한 성이 될 것이다. 늦었다고 생각하는 순간이 가장 빠를 때일 수도 있다. '지금 이곳'이 다시 시작하는 '인생의 출발점'이다.

4.

왜
나만 힘들어

바쁘게 살았지만 바쁠수록 되는 일이 없었다. 일상은 매듭 없는 바느질처럼 느껴졌다. 꿰매고 또 꿰매도 제자리였다. 같은 자리를 맴도는 기분이었다. 출근하면 일과 전쟁이었다. 퇴근하면 집안일과 싸움했다. 은성이가 다섯 살, 은지가 세 살이 되었다. 한창 손이 많이 가는 시기였다. 은성이는 순하고 잘 노는 아이다. 은지는 은성이와 달랐다. 은지는 엄마가 늘 곁에 있어야 했다. 울기 시작하면 감당이 되지 않았다. 같은 뱃속에서 나왔는데 두 아이의 성향이 판이했다. 퇴근해서 집에 오면 은지가 나를 놓아주지 않았다. 온종일 엄마를 기다렸을 테니 그럴 만도 했다. 은지는 내 등에 업히거나 가슴에 안겨 있었다. 퇴근해서 집에 도착했다. 마음이 급해졌다. 아이들의 저녁을 먹여야 했다. 저녁을 먹이고 나서 아이들을 씻겼다. 안 자려고 하는 아이들을 억지로 눕히고 불을 껐다. 아이들이 잠들기를 조용히 기다렸다. 불은 껐지만, 아이들은 쉽게 잠들지 않았다. 어둠 속에서 한참을 종알거린 후에야 잠들었다. 모두 잠든 후 한숨을 돌릴 수 있었다. 거실로 나왔다. 장난감이 늘어져 있었고 과자 부스러기가 발에 밟혔다. 지저분한 거실이 눈에 거슬렸다. 못 본 척 눈을 질끈 감았다.

바쁜 일상은 악순환이었다. 같은 날이 복제되고 있었다. 평소 같은 아침이 었다. '5분만 더'라며 이불 속을 파고들었다. 시어머니가 현관문을 열고 들어오는 소리가 들렸다. 눈이 번쩍 뜨였다. 얼른 일어났다. 이불 속에서 늦장을 부렸더니 어머니가 와 계셨다. 옷을 챙겨 입고 거실로 나갔다. 거실의 기운이 냉랭했다. 느낌이 좋지 않았다. 어머니가 기분이 좋지 않은 것이 느껴졌다. 어머니는 입을 꾹 다문 채 주방 일을 하고 있었다. 어머니는 또 무슨 일로 화가 나신 걸까. 어머니의 심기를 건드릴까 봐 조심스러웠다. 기어들어 가는 목소리로 "어머니 오셨어요." 인사를 했다. 들으신 것인지 못 들으신 것인지 대답은 돌아오지 않았다. 어머니의 눈치를 봤다. '나는 어머니에게 마음에 안 드는 며느리구나.'라는 생각이 머릿속을 스쳤다. 좀 더 큰 목소리로 인사를 할까 하다 그만두었다.

시어머니에게 남편은 귀한 막내아들이었다. 손주를 낳으니 선뜻 키워 주시겠다고 나섰다. 시어머니는 손주를 키우는 일이 본인 생의 마지막 사명인 거처럼 임했다. 열정을 불태웠으며 아이들을 예뻐했다. 요즘 들어 부쩍 힘들어했다. 어머니의 혈색이 좋지 않았다. 어깨 통증이 만만치 않아 보였다. 자주 은지를 업어서인지 어깨에 무리가 되었다. 어깨 통증으로 팔을 제대로 들지 못했다. 시어머니를 위로하고 싶었지만 무슨 말을 해야 할지 몰랐다. 슬며시 자리를 피했다.

출근 준비를 했다. 화장대에 앉아서 거울을 바라보았다. 표정이 어두웠다. 출근해야 하니 시어머니 생각을 밀쳐 두기로 했다. 육아와 일, 학업을 병행하고 있었다. 젊음과 열정으로 버티고 있었다. 일하면서 아이를 키우는 것도 만만치 않은데 학교까지 다니려니 정신이 없었다. 몸이 하나로는 부족했다. 시간과의 전쟁이었다. 출근해서 책상에 앉았다. 책상 위에 놓여 있는 서류들은 오늘 해야 할 일들이었다. 쌓인 일들이 나를 재촉하고 있었다. 순서대로 하나씩 처리하면서 해결해야 했다. 쌓인 일을 다 처리하기 전에 전화가 왔다. 실적을 요청하는 전화였다. 처리한 일만큼 다시 일이 생겨났다. 쌓인 일은 줄어들지 않았다. 마음이 바빠졌다. 빠르게 일을 처리하고 싶었다. 몸은 마음 같지 않았다. 몸이 천근만근 무거웠다. 옷장 속에 넣어둔 '물먹은 하마'가 떠올랐다. 마치 내 몸은 '물로 가득 찬 제습제' 같았다.

네 번의 항암 주사가 처방되었다. 체력이 좋은 편이 아니라 어려움이 예상되었다. 항암 치료의 부작용은 들어서 알고 있었다. 끝까지 잘 견딜 수 있을지 걱정이었다. 항암 치료에는 면역이 가장 중요했다. 항암 주사를 맞기 전부터 잘 챙겨 먹었다. 치과에 가서 진료를 받았다. 잇몸과 치아 상태를 점검했다. 두건과 가발을 샀다. 면 속옷을 준비해 두었다. 항암 치료 준비는 모두 마쳤다. 첫 번째 항암 주사를 맞았다. 빨간색의 링거액이 내 몸으로 빨려 들어갔다. 링거가 느리게 한 방울씩 떨어졌다. 혈관이 화끈거렸다. 항암제가 몸에 들어가서 암세포와 잘 싸워 줄 것이다. 처방받은 항구토제를 입에 털어 넣었다. 약 덕분에 아직 견딜 만했다. 항암 주사가 온몸에 퍼지기 전에 집으로 돌아가야 했다. 집에 와서 침대에 누웠다. 주사를 맞고 이틀째 누워 있었다. 기운이 없고 자주 피곤했다. 입에서 약 냄새가 올라왔다. 소변에서도 약 냄새가 났다. 온몸에 항암제가 영향을 미치고 있었다. 잘 먹어야 한다는 것은 알고 있었지만, 음식을 넘기는 게 쉽지 않았다. 음식 냄새를 맡으면 속이 울렁거렸다. 병원에서는 매끼 일정량의 단백질을 먹으라고 했다. 두부 두 쪽이 식탁 위에 올려져 있었다. 입맛이 없어서 고개를 돌렸다. 눈을 질끈 감고 두부를 입에 넣었다. 일상이 흔들렸다. 기억력이 떨어지고 집중이 되지 않았다. 시간이 지나면 좋아질 거로 생각했지만 시간은 더디게 흘렀다. 항암 치료를 견뎌 내려면 체력이 필수였다.

대전천을 따라 남편과 함께 걷기로 했다. 걷는 코스는 한 시간 반이 걸렸다. 천천히 걸었다. 빨리 걸어 보려고 했으나 숨이 차고 다리에 힘이 풀렸다. 남편이 나에게 조금 더 빨리 걸어 보라고 재촉했다. "지금 산책하는 거야, 운동하는 거야?"라며 나의 등을 밀었다. 힘을 내어 걸어 보려고 했지만 다시 걸음이 느려졌다. 빨리 걸으라는 남편의 재촉이 듣기 싫었다. 걸음걸이가 마음대로 되지 않았다. 마음이 뾰족해졌다. 남편과 거리는 점점 멀어졌다. 남편이 뒤돌아봤다. "빨리 걷고 있으니까 재촉하지 마." 짜증 섞인 목소리가 대전천에 울려 퍼졌다. 남편이 내 목소리에 흠칫 놀랐다. 남편은 나를 보고 생생하다며 비아냥거렸다.

유방암 치료가 끝난 지 3년이 지났다. 여전히 걸었다. 치료 기간 걷기는 내게 힘이 되었다. 건강이 조금씩 나아지고 있었다. 몸이 한층 가벼워졌다. 토요일 아침이었다. 평소처럼 남편과 함께 대전천을 따라 걷고 있었다. 보문교 옆으로 개나리가 피어 있는 것이 보였다. 개나리는 언제 핀 걸까. 꽃 피는 줄도 모르고 살고 있다니 겸연쩍었다. 개나리가 빼꼼 고개를 내밀고 나를 반겼다. 봄이 성큼 내 곁에 와 있었다. 나와 보조를 맞추던 남편의 걸음이 빨라졌다. 배가 아픈 게 분명했다. 남편은 물을 아끼려고 공중화장실에 온다고 말했다. 걸으니 장운동이 활발해진 게 아닐까. 화장실에서 나오는 남편의 얼굴이 꽃처럼 화사하게 피었다. 나를 보더니 배시시 웃었다. 물을 아끼는 알뜰한 남편과 살아서 좋겠다며 농담을 던졌다. 속이 시원해진 남편이 스스럼없이 고민거리를 털어놓았다. 일을 그만두고 싶다는 말이었다.

"누가 요즘 은행에 오냐? 거래가 줄고 있어."라며 언제까지 다닐 수 있을지 모르겠다고 말했다. 남편은 신협을 20년째 다니고 있다. 나란히 걸으며 번갈아 가며 한숨을 내쉬었다. 미래를 생각하니 막막해졌다. 걷는 동안 검은 구름은 지나가고 뭉게구름이 떠 있었다. 하늘이 예뻐서 한참 올려다보았다. 나란히 걸으며 남편의 손을 잡았다. 우리는 말 없이 걸었다. 힘든 치료를 잘도 견디며 여기까지 왔다. 무슨 일이든 못할 건 없다. 미래는 알 수 없

다. 지금의 자리에서 한 걸음 내딛는 것이 우리가 할 수 있는 전부일지도 모른다. 힘껏 내딛는 한 걸음이 오색 찬란한 미래에 가까이 닿길 바랄 뿐이다.

5.

워킹맘의 일상은
고단해

두 아이의 엄마다. 직장에서는 팀장이다. 시어머니의 며느리이며 남편의 아내다. 지난 10년간 내게 많은 역할이 맡겨졌다. 역할이 많았지만 하나라도 내려놓을 수 있는 게 아니었다. 여러 가지 역할을 모두 잘 해내는 것은 어려운 일이었다. 아침에 눈을 뜨자마자 출근 준비를 했다. 자는 아이들의 얼굴을 물끄러미 바라보았다. 아이들의 표정은 평온했다. 은지 볼에 내 볼을 갖다 대고 비볐다. 자는 아이들에게 속삭이듯 "회사에 다녀올게."라고 말하고 나왔다. 사무실에 도착했다. 밀린 행정업무는 아침에 하는 게 효율적이었다. 책상 위에 뜨거운 커피 한잔을 올려놓았다. 사무실은 정적이 흘렀다. 혼자 있는 아침이 가장 집중하기 좋았다. 커피 한 모금을 마셨다. 향긋한 향이 얼굴에 감돌았다. 일하고 있으니 직원들이 들어왔다. 하던 일을 멈추고 직원들과 인사를 나누었다. 오늘의 업무가 본격적으로 시작되었다.

급하게 처리해야 할 일이 무엇인지 머릿속으로 정리했다. 오늘의 업무를 메모지에 적어 두었다.

차에 타서 운전대를 잡았다. 안전띠를 매고 시동을 걸었다. 시동 걸리는 소리가 심상치 않았다. 며칠 전부터 시동이 잘 걸리지 않았다. 여러 번 시도 끝에 간신히 시동이 걸렸다. 연식이 10년이 넘은 차는 간혹 말썽을 피웠다. 엔진 소리가 신통치 않았다. 10년을 타면서 차와 정이 들었다. 차는 나의 기동력이었다. 어디든 나를 데려다주었다. 이 차로 운전을 시작했다. 지난 10년 동안 매일 출근을 시켜 주었다. 차 안은 가장 편안히 쉴 수 있는 공간이 되었다. 출퇴근 시간이 유일하게 '나만의 시간'이었다. 차에 올라타면 익숙한 시트가 몸을 받쳐 주었다. 운전 실력은 여전히 서툴렀다. 운전을 시작한 지 꽤 시간이 흘렀지만, 실력이 쉽게 늘지 않았다. 공간지각력, 기계 조작 능력, 운동 신경 등 종합적인 능력이 있어야 운전을 잘할 수 있다는 것을 나중에 알았다. 운전하면서 사고가 세 번 있었다. 가벼운 접촉 사고도 있었지만 큰 사고도 있었다. 지금 생각해도 아찔한 순간이었다. 큰 사고에 비하면 많이 다치지 않았다. 차와 함께 고비를 넘겼다. 큰 사고였는데도 불구하고 많이 다치지 않아서 다행이었다. 차가 목숨을 구해 주었다. 출근길에 생각이 복잡해졌다. 정신을 차려 보니 회사 앞에 와 있었다. 매일 가는 길이라 무의식적으로 회사에 와 있었다. 의식하지 않은 채 반복되는 삶을 살고 있었다. 정신없이 운전했다고 생각하니 온몸에 소름이 돋았다.

6시 정각, 퇴근 시간이 되었다. 직원들은 한둘씩 사무실을 빠져나갔다. 하던 일을 잠시 멈추었다. 하던 일을 더 할지 퇴근할지를 고민했다. 작성하던 보고서가 아직 마무리되지 않았다. 작성하던 보고서의 저장키를 눌렀다. 컴퓨터를 껐다. 가방을 주섬주섬 챙겨서 자리에서 일어났다. 직원들은 모두 퇴근한 후였다. 보안점검표에 사인하고 컴컴한 복도를 걸어 나왔다. 승강기에서 늦게 퇴근하는 보건소 직원들과 눈인사를 했다. 어깨가 뻐근하고 허리가 아팠다. 온종일 작성하던 보고서를 마무리 짓지 못했다. 마음이 개운하지 않았다. 회사에 오면 아이들은 유치원에 잘 갔는지 집 생각을 했다. 집에 오면 마무리 짓지 못한 일을 생각했다. 회사 일도 집안일도 마감 없이 살고 있었다. 나는 이대로 괜찮은가.

아이들이 기다린다고 생각하니 마음이 급해졌다. 서둘러서 퇴근했다. 집에 가면 시어머니와 얼굴을 마주해야 했다. 최근 시어머니와 사이가 좋지 않았다. 시어머니와 마주치는 걸 줄이고 싶은 마음이 들었다. 어머니는 집에서 아이들을 돌본다. 어쩔 수 없이 얼굴을 마주해야 한다. 어머니와의 관계가 틀어진 건 지난 추석 때였다. 제법 시간이 흘렀으며, 지나간 일이 되었다. 관계는 예전 같지 않았다. 신혼 초기에 시어머니가 하신 말을 곱씹었다. 시어머니는 "딸처럼 생각한다."라고 말씀하셨다. 그 말을 생각하며 고개를 내저었다. 며느리가 딸과 같을 리 없었다. 아파트 지하주차장에 도착했다. 집으로 바로 올라가지 않고 아파트 주위를 걸었다. 시어머니 얼굴을 볼 생각하니 가슴이 답답해졌다. 숨을 깊이 들이쉬고 내쉬었다. 시어머니와 마주하려니 마음의 준비가 필요했다. 집에 들어가야 했다. 아이들이 기다리고 있었다. 번호 키를 누르고 현관문을 열었다. 시어머니는 아이들 저녁을 먹이고 있었다. 지친 얼굴이었다. 목소리는 작았지만, 또박또박 인사를 했다. "다녀왔습니다."라고 말하고 현관을 들어섰다. 현관으로 달려와서 나를 반기는 사람은 은지였다. 은지가 나를 보자마자 전력 질주하여 내 품에 안겼다. 이렇게 나를 반겨 줄 사람이 또 있을까. 달려오는 은지를 두 팔 벌려 안았다. 어머니에게 말을 건넸다. "어머니, 오늘도 고생하셨어요."라고 했다. 시어머니는 엉거주춤한 자세로 가방을 주섬주섬 챙겼다. 시어머니는 아이들과 인사를 나눈 후 현관문을 나가셨다. 시어머니가 가신 후에 깊은 한숨을 내쉬었다.

남편은 시어머니에게 다정한 아들이었다. 휴일 아침에 일어나면 시어머니께 전화를 걸었다. 시어머니와 관계가 틀어지면서 남편이 미웠다. 시아버지는 결혼하기 전에 돌아가셨다. 남편은 자상했던 시아버지를 그리워하곤 했다. 시아버지의 갑작스러운 죽음은 가족들에게 충격이었다. 시아버지가 돌아가신 후 남편은 효자가 되었다. 남편이 매일 어머니를 집에 모셔다 드렸다. 주말이면 어머니를 모시고 야외로 나갔다. 시어머니와 단둘이 드라이브를 하고 들어오기도 했다. 아이들을 맡겨 두고 시어머니와 드라이브하고 들어오는 남편에게 눈을 흘겼다. 남편은 "피곤하니까 집에서 쉬라는 거지."라고 말했지만, 속이 부글거렸다. 주말까지 시어머니와 함께 시간을 보내고 싶지 않았다. 남편이 나와 시어머니 사이에서 눈치를 보느라 안절부절못했다. 시어머니와 나 사이에서 어찌지 못하는 남편을 보면 미워할 수만은 없었다. 남편이 미웠다가도 안쓰러웠다. 내칠 수도 품을 수도 없는 남편이었다. '사랑! 참 어렵다.'

　미래는 핑크빛이라고 믿었다. 남편은 변함없이 다정할 거로 생각했다. 밤톨 같은 아이들은 영원히 내 품에 있길 바랐다. 사랑은 변했고 기대는 현실 앞에서 쉽게 무너졌다. 결혼은 현실이 되었다. 환상처럼 현실은 예쁘지 않았다. 전쟁 같은 하루를 마친 남편은 소파에 지쳐 잠들었다. 지저분한 거실과 식탁 위에 과자 부스러기들이 보였다. 집안 모습을 보니 남편은 아이들과 전쟁을 치른 것이 상상되었다. 주말이었지만 업무적인 행사에 나갔다가 늦게 집에 돌아왔다. 지저분한 집이 눈에 거슬렸다. 치울 마음은 없었다. 잠든 은지 옆에 비집고 들어가서 누웠다. '아~ 너무 좋다. 이대로 자면 좋겠다.'라고 생각하고 스르르 눈을 감았다.

　눈을 떠 보니 커튼 사이로 빛이 들어왔다. 정신을 차리고 보니 아침이 되었다. 잠들어 있는 은지가 보였다. 통통한 은지의 볼을 꼬집었다. 자는 아이의 얼굴을 보고 있으니 입가에 미소가 번졌다. 아이들과 함께 평온한 아침을 맞았다. '행복' 어쩌면 특별한 게 아닐지도 모르겠다. 가족들과 티격태격하는 게 행복일지도 모른다. 시어머니께 전화를 걸었다. 일요일 저녁에 맛있는 음식을 함께 먹고 싶었다. 뜨끈한 국물이 맛있는 오리 백숙 식당에 가기로 했다. 뜨끈한 국물이 시어머니의 마음을 녹여 주었으면 좋겠다.

아픔에는 온기가 필요해

6.

부부의
육아 협동작전

대학원 첫 수업이었다. 강의실에 들어섰다. 정적이 흐르고 긴장감이 맴돌았다. 먼저 자리에 앉아 있는 사람들이 보였다. 가볍게 눈인사를 하고 자리를 찾아 앉았다. 곧 교수님이 들어왔다. 교수님은 주변에서 얼마든지 볼 수 있는 온화한 인상이었다. 첫 수업이라 교수님은 학생들에게 자기소개를 시켰다. 내 차례가 되었다. 맥박이 평소보다 빨리 뛰었다. 긴장되는 마음으로 이름과 직장, 입학 동기를 소개했다. 대학원 수업을 통해 상담에 대한 지식과 경험을 쌓고 싶었다. 학생들의 자기소개가 끝이 났다. 각자 입학 동기는 달랐다. 모두 자신의 꿈을 향해 한 걸음 다가가고자 하는 마음은 같았다.

수업을 듣는 학생들은 대부분이 만학도였다. 대충 훑어 보아도 내가 어린 편에 속했다. 올해 내 나이는 서른일곱이 되었다. 인생의 중반을 넘기고 있었다. 열심히 공부해 보겠다며 열정을 불태웠다. 대학교를 졸업하고 공부를 놓은 지 꽤 오래되었다. 다시 공부를 시작한다니 기대 반, 두려움 반이었다. 교수님은 한 해 동안 수업이 어떻게 진행될지 설명하였다. 수업이 생각보다 일찍 끝났다. 서둘러서 강의실을 나왔다. 학생들과는 가볍게 인사를 나누었다.

남편이 퇴근해서 아이들을 돌보느라 진땀을 빼고 있을지도 모른다. 은지가 이제 막 18개월이 지났다. 은지를 남편 혼자서 돌보기 쉽지 않다. 지금 시간이면 은지가 잘 시간이 지났다. 잠투정하고 있을 생각을 하니 마음이 조급해졌다. 밤 10시의 도로는 고요했다. 캄캄한 도로에 나만 달리고 있었다. 헤드라이트가 앞길을 비추고 있었다. 헤드라이트가 비치는 곳은 환했지만, 밖은 어두웠다. 밤이라 시야가 좁았다. "경로를 이탈하였습니다." 차의 길 안내기에서 안내 음성이 흘러나왔다. 우회전을 놓쳤다. 길 안내기가 알려 주는 도착 예상 시간은 25분에서 35분으로 10분 더 길어졌다. 조금이라도 빨리 가서 남편을 육아에서 놓아주고 싶었다. 마음이 급해지니 오히려 늦어지게 되었다. 조급한 마음은 때론 일을 그르치기도 한다. 호흡을 가다듬고 속도를 조절해야 실수를 피할 수 있다.

아파트 지하주차장에 들어왔다. 주차하고 나서야 한숨 돌릴 수 있었다. 현관 비밀번호를 조심스레 누르고 들어갔다. 예상외로 집은 조용했다. 애들이 잠들었나 보다. 거실에서 서성거리는 남편이 보였다. 자세히 보니 남편은 아기 띠를 매고 있었다. 남편의 넓은 가슴에 은지가 매미처럼 매달려 있었다. 남편의 얼굴은 땀범벅이었다. 은지를 재우느라 진땀을 뺀 모양이었다. 기진맥진해 보였다. 어찌 되었든 은지는 잠들었다. 은지는 아빠의 품 안에서 편안한 얼굴로 자고 있었다. 은지의 입 주변이 물기로 번질거렸다. 남편의 얼굴이 땀으로 번질거렸다. 은지 얼굴의 물기는 남편의 땀일지도 모른다. 남편과 은지의 얼굴을 번갈아 가며 보고 있으니 웃음이 나왔다. 내가 학교에 다녀온 사이 남편과 은지는 전쟁을 치렀을 것이다. 상황 파악은 끝났다. 남편을 보고 웃었다. "여보! 고마워. 오늘 하루도 애썼네." 아이 둘을 키우는 동안 우리는 힘을 합쳐야 했다.

아이 둘을 키워 내면서 유난스러운 점은 없었다. 단지 오기를 부린 것은 모유 수유뿐이었다. 대학 시절 모성 간호학을 배우면서 모유에 감탄했다. 모유 수유 예찬가가 되었다. 모유는 신이 주신 완전한 식품이다. 모유에는 아기에게 필요한 모든 영양소가 포함되어 있다. 특히 초유는 면역글로불린이 풍부해 아기 면역을 강화해 준다. 모유는 항체를 포함하고 있다. 아기의 감염, 알레르기, 천식, 소화기 질환 예방에 도움이 된다. 가장 큰 매력이 엄마와 아기의 신체 접촉을 통해 정서적 유대감을 강화한다는 점이다. 아기를 낳으면 모유 수유를 꼭 해야겠다고 생각했다. 대학 시절부터 굳게 새긴 다짐이었다. 은성이를 낳고 모유 수유에 성공하겠다는 의지를 불태웠다. 모유 수유와의 치열한 싸움이 시작되었다.

모유 수유의 장점에 대해 잘 알고 있었다. 모유 수유를 위해 엄마와 아이가 큰 노력을 해야 한다는 것을 알지 못했다. 장점이 있으면 단점도 있는 법이다. 나와 은성이는 모유 수유를 위해 시행착오가 많았다. 모유 수유는 시간이 따로 정해져 있지 않았다. 아기가 원할 때 수유를 해야 한다. 시도 때도 없이 아기가 불렀다. 모유 수유를 하는 동안 엄마가 먹은 음식이 아기에게 전달되었다. 커피와 매운 음식을 먹을 수 없었다. 가장 어려운 점은 아기의 수유를 누구도 대신 할 수 없다는 점이었다. 은성이와 나는 모유로 한 몸이 되었다.

출산 후 산후조리원에서 2주간 몸조리를 했다. 식사때마다 산모를 위한 영양식이 나왔다. 아기를 신생아실에서 돌봐 준다. 산모를 위해 스트레칭, 온열 찜질, 산모 교육 프로그램이 있었다. 조리원에 있는 산모가 자주 모이는 곳은 수유실이었다. 아기들이 수시로 호출을 하니 온종일 들락거렸다. 모유가 잘 나오지 않아도 아기가 울면 젖을 물려 보려 했다. 모유 수유에 성공하기 위해서는 많은 시간이 필요했다. 수유실에 앉아서 산모들이 많은 대화를 나누었다. 비슷한 시기에 출산해서 공감대가 바로 형성되었다. 물론 대화 주제는 아기, 남편, 시댁이 주를 이루었다. 가장 흥미진진한 이야기가 역시 시댁이었다. 깔깔거리며 웃고 떠들면서 힘든 줄 모르고 하루가 지나갔다. 이곳에는 젖이 잘 나오는 산모가 최고였다. 처음에는 산모들이 다들 모유 수유에 의지를 불태웠다. 모두 모유 수유에 성공하는 것은 아니었다. 시간이 지나면서 포기하는 산모들이 생겼다. 은성이는 젖을 힘차게 빨았다. 수유실에 있는 산모들에게 부러움의 대상이 되었다. 아기를 만난 후 모유 수유가 첫 번째 관문이었다. 꽤 인내심이 필요했다. 젖이 준비되지 않아서 빨아도 잘 나오지 않는 경우가 있었다. 이럴 때면 아기도 엄마도 진땀을 빼야 했다. 아기가 원하는 만큼 모유가 나오지 않으니 빨다가 지치는 때도 있었다. 은성이는 눈물로 나는 땀으로 흥건해질 때쯤 우리의 호흡은 맞춰졌다. 은성아, 쭉쭉 빨아라.

모유 수유는 시작에 불과했다. 육아와 직장 생활을 병행했다. 학업까지 추가되었다. 건강에 무리가 되었고, 체력이 고갈되었다. 집에 돌아오면 녹초가 되었다. 마음 편히 쉴 곳은 없었다. 반복되는 생활에 지쳐 가고 있었다. 바쁜 일상에서 도와줄 사람은 오직 남편뿐이었다. 남편이 집안일을 도와주고 아이들과 놀아 주었다. 남편은 응원을 아끼지 않았다. 든든한 내 편이 있다고 생각하니 힘이 났다. 은지를 재우고 나니 깊은 밤이 되었다. 배에서 꼬르륵 소리가 났다. 생각해 보니 저녁 식사를 걸렀다. "여보, 나 배고파."라며 남편에게 말했다. 야식을 먹을까 했는데 눈이 스르륵 감겼다. 잠깐 잠든 나를 남편이 깨웠다. 맥주랑 돼지고기볶음이 식탁 위에 올려져 있었다. 시원한 맥주 한 모금을 마시니 살맛이 났다. 남편과 야식을 먹으며 하루의 피로를 풀었다. 애들이 잠든 자유 시간은 달콤했다.

공부하는 동안 육아는 온전히 남편 몫이 되었다. 초보 엄마는 살림도 육아도 서툴렀다. 남편이 살림과 육아에 적극적으로 협조했다. 힘든 시간도 많았지만 나를 버티게 해 준 건 가족이었다. 아이들은 건강하게 자라 주었다. 은성이는 식탐이 많아서 또래의 두 배 가까운 몸무게를 갖게 되었다. 유치원 선생님은 많이 먹는 은성이가 걱정되어 상담을 요청했다. 나의 잔소리에도 은성이의 식탐은 줄어들지 않았다. 은지는 음악을 좋아했다. 음악을 들으면 자연스럽게 리듬을 탔다. 은지의 춤은 제법 볼만했다. 재능 있는 몸짓이었다. 은성이, 은지 둘 다 제법이었다. 거실에 은성이와 은지가 토닥거리는 소리가 들렸다. 둘 다 지지 않겠다는 기세였다. 둘이 싸우는 목소리는 우렁찼다. 아이들은 혈기왕성했고 건강했다. 남편과 함께라서 아이들을 키워 낼 수 있었다. 혼자였다면 불가능한 일이었다. 신이 삶의 고비를 함께 넘으라고 남편을 보내 주셨다. 힘든 시간을 함께 보낸 후 남편이 '인생의 동반자'라는 것을 알 수 있었다. 앞으로 어떤 고비를 만나더라도 남편과 함께 헤쳐 나갈 것이다.

7.

시어머니
포섭하기

남편과 시어머니가 생겼다. 신혼집이 준비될 때까지 시댁에서 살기로 했다. 결혼 전에 시어머니를 몇 번 만나 식사한 적이 있었다. 아직 '어머니'라는 호칭이 어색했다. 오랫동안 살던 곳을 떠나 낯선 곳에 왔다. 직장을 옮겼다. 애인은 남편이 되었다. '엄마'가 아닌 '시어머니'와 함께 살게 되었다. 결혼이 나를 새로운 세상으로 데려다 놓았다. 시아버지는 2년 전에 돌아가셨다. 시어머니는 막내아들에게 의지하며 살았다. 남편은 시어머니의 애틋한 막내아들이었다. 시댁으로 들어가는 첫날이었다. 어머니가 저녁상을 차려 주셨다. 고등어구이, 시금치 무침, 계란말이가 눈에 들어왔다. 시골 밥상처럼 정성스럽게 차려 내셨다. 저녁 식사를 마치자 시어머니가 "난 너를 며느리로 생각 안 한다. 딸처럼 생각한다."라고 말했다. 머리부터 발끝까지 소름이 돋았다. 딸처럼 다정한 며느리가 될 자신이 없었다. 나는 무뚝뚝한 성격이었다.

시어머니의 말은 험난한 결혼 생활의 예고편 같았다. 시어머니가 친정처럼 편하게 지내라고 했다. 저녁을 차려 주었다. 반찬은 불고기였다. 불고기를 보니 친정엄마가 해 준 음식이 생각났다. 숟가락을 들어 밥을 한술 떴다. 눈에는 눈물이 고였다. 저녁을 먹는 둥 마는 둥 하고 자리에서 일어났다. 슬쩍 마당으로 나왔다. 친정엄마에게 전화를 걸었다. 엄마 목소리를 듣자 울컥해졌다. 전화기 너머로 엄마의 걱정스러운 목소리가 들려왔다. 시댁에 있으니 행동을 조심하라고 했다. 시어머니를 잘 모시라는 말을 여러 번 당부했다. 통화를 마치고 살며시 문을 열고 들어왔다. 설거짓거리가 쌓여 있었다. 설거지하며 '결혼은 괜히 했어.'라고 생각했다. 입을 다물었다. 새로운 환경에 적응해야 했다. 아파트에 살다가 주택에 살려니 불편한 점이 많았다. 화장실 문이 덜컹거렸다. 외풍이 심했다. 봄인데도 집안은 스산했다. 몸이 아니라 마음이 추운 건 아닐까. 마음에 든 한기로 한동안 몸살을 앓게 되었다.

새로운 직장에 출근했다. 주중에는 일하기 바빴다. 주말에는 조금 더 자고 싶었다. 기다리던 토요일이 되었다. 남편과 같이 늦게까지 잤다. 일어나니 이미 점심때가 되어 있었다. 시어머니가 점심을 챙겨 주셨다. 어머니의 표정이 좋지 않다. '아차!' 일찍 일어나서 식사 준비를 도와야 했다. 시어머니의 눈치를 살폈다. 결혼하면 행복해질 거라는 달콤한 꿈은 순식간에

물거품이 되었다. 시작부터 만만치가 않았다. 누구에게나 처음은 있다. 며느리도 아내도 처음이고 직장도 처음이니까. 이제 시작이니까 괜찮다.

시어머니는 자신이 젊었을 때 고생했던 이야기를 자주 했다. 젊었을 때 시집살이했던 상황을 생생하게 그려 냈다. 이야기는 "시아버지가 조금만 더 살아서 막내아들 결혼을 보았다면 좋았을 텐데…."로 끝이 났다. 들어 보니 시어머니의 삶은 시집살이와 자상했던 시아버지와의 추억으로 채워져 있었다. 시어머니의 70년 인생을 듣다 보니 시아버지와의 추억이 많은 부분을 차지했다. 시어머니는 젊은 시절 시아버지와의 추억 속 한 장면을 생생하게 그려 냈다. 시아버지가 어머니와 여동생의 눈을 피해서 점퍼 속에 팥빵을 숨겨 들어왔다. 두 분은 몰래 이불 속에서 팥빵을 나눠 먹었다. 시어머니는 일찍 돌아가신 시아버지를 그리워했다. 자상했던 시아버지 추억을 듣다 보니 그럴 만도 했다. 어머니와 대화를 나누고 있는데 남편이 내 옆구리를 찔렀다. 영화를 보러 가자며 눈을 찡긋거렸다. 슬그머니 시어머니의 추억 속 이야기를 마무리 지었다. 남편과 거실을 나왔다. 영화 관람 시간에 늦지 않기 위해 종종걸음으로 걸었다. 시어머니의 추억 속 시아버지는 남편과 닮아 있었다. 시아버지처럼 남편은 다정했다. 결혼 초기 모든 게 낯설었지만 살가운 남편이 곁에 있었다.

시어머니가 손주 둘을 업어 키우느라 무리했다. 시어머니는 어깨 통증을 못 견딜 정도가 되었다. 어쩔 수 없이 수술하기로 했다. 다행히도 수술은 잘되었다. 수술 후 한참 동안 팔을 들지 못했다. 수술했던 팔을 움직이기까지는 한 달 이상의 재활이 필요했다. 회복 후에는 아프던 어깨의 통증이 한결 나아졌다. 이번에는 무릎이 문제였다. 걸을 수 없어서 병원에 갔다. 무릎의 손상이 컸다. 인공관절 수술을 해야 한다는 진단이 나왔다. 몇 년 전 김장하다가 넘어지면서 무릎을 다쳤다. 시간이 지나면서 무릎의 통증은 심해졌고 걸을 수 없었다. 어머니는 앉을 때도 "어이쿠" 일어설 때도 "어이쿠" 곡소리를 냈다. 걸음걸이가 엉거주춤했다. 수술을 더 미룰 수가 없었다. 그 당시 나는 항암 치료 과정에 있었다. 내 몸이 아프니 시어머니의 수술을 신경 쓸 겨를이 없었다. 하지만 시어머니의 무릎 통증을 더는 두고 볼 수가 없었다. 시어머니는 며느리 항암 치료가 끝나야 수술을 하겠다고 고집을 피웠다. 통증을 왜 참고 버텨야 하는지 이해가 되지 않았다. 시어머니의 입장과 나의 입장은 달랐다. 이번만큼은 내가 우겨서라도 수술을 강행하기로 했다. 통증으로 잠을 못 주무시는데 가만 있을 며느리는 없다. 시어머니의 통증이 하루라도 빨리 호전되길 바랐다. 시어머니와 가족이 된 지 벌써 10년이 되었다. 함께한 시간만큼 시어머니와 정이 들었다. 10년 동안 동고동락하며 쌓인 마음의 정은 끈끈했다. 시어머니가 아프다고 하면 내가 제일 먼저 달려간다. **함께 살아 낸 세월의 힘으로 우리는 가족이 되었다.**

"왕년에는 말이야." 어머니의 구구절절한 인생 이야기가 시작됐다. "내가 20년 전엔 날아다녔어."라고 말했다. 시어머니는 50대에 부녀회장으로 온 동네를 휩쓸고 다녔다. 어머니의 손을 안 거쳐 간 동네 어른이 없었다. 마을 축제나 행사 때마다 음식을 준비하고 이웃들과 나눠 먹었다. 20년 전을 회상하며 지나간 세월을 아쉬워했다. 시어머니가 봉사활동을 왕성하게 하던 시절이 인생의 절정기였다. 온 동네를 누비고 다녔던 어머니였다. 이젠 인공관절에 의지하여 힘겹게 걸어야 했다. "통증 없이 걸을 수 있으니 얼마나 다행이냐."라며 웃었다. 세상을 누비며 큰소리치던 시어머니는 아이처럼 작아졌다. 무릎 수술은 생각보다 회복이 더디었다. '예전 같지 않아.'라는 말을 입에 달고 살았다. 어머니의 뒷모습을 보니 꼿꼿하던 허리가 구부정해졌다. 시어머니를 보고 있으니 '나도 나이 먹으면 어머니처럼 되겠지.'라는 생각이 들었다. 미워할 수만은 없는 일이었다. 시어머니의 눈을 맞추며 배시시 웃었다. 시어머니와 앙앙거리고 싸웠지만, 그때가 좋았다.

창문 밖에는 벚꽃이 한창이었다. 벚꽃이 언제 피었는지 소리 없이 창문을 한가득 채웠다. 일어나서 창가로 성큼 다가갔다. 창문을 내다보았다. 벚꽃이 활짝 피었다. 벚꽃은 일주일 후면 눈꽃처럼 떨어질 것이다. 떨어지기 전에 눈에 오래 담아 두고 싶었다. 반짝이는 벚꽃도 한때뿐이다. 제자리에서 아름다운 자태를 뽐냈으면 그걸로 충분했다. 벚꽃처럼 나의 젊음도 언젠가는 질지도 모른다. 나이 들면 어머니처럼 추억을 회상하며 살고 싶다. 시어머니의 지나온 인생을 듣다 보면 '추억 부자'였다.

결혼한 지 10년이 지났다. 10년 동안 어머니의 추억을 들었다. 아직도 추억 보따리에는 새로운 이야기가 나왔다. 새로운 이야기를 꺼낼 때마다 어머니는 아이처럼 신이 났다. 언젠가 나도 어머니처럼 걷기 힘들고 눈이 침침해지는 날이 올 것이다. 눈으로 세상을 볼 수 없다고 하더라도 추억은 낡거나 빛이 발하지 않는다. 세상에 부자는 많다. 돈이 많은 사람, 친구가 많은 사람, 재능이 많은 사람이 있다. 그중 추억 부자가 제일이다. 추억 부자는 행복한 순간을 한 장씩 기억 속에 담아 둔 사람이다. 시어머니의 나이쯤 되면 나도 '추억 부자'가 되고 싶다.

오늘 추억 한 장을 기억 속에 담아야겠다. 벚꽃을 눈으로 보고 귀로 듣는다. 벚꽃의 향을 들이마신다. 내 앞에 펼쳐진 벚꽃의 아름다움을 가슴에 담았다. 창문을 가득 채운 벚꽃의 향연을 오래 기억할 것이다.

8.

행복은 내게
너무 멀어

첫 만남에서 느낌으로 알 수 있었다. 우리는 말이 잘 통했고 만나면 기분 좋았다. 우리는 인연으로 이어졌으며 결혼했다. 순조롭게 아들, 딸을 낳았다. 꼬박꼬박 월급을 주는 직장이 있었다. 큰돈이 없어도 매달 월급을 받으니 돈 걱정은 하지 않아도 되었다. 일부는 은행의 몫이었지만 내 집을 갖게 되었다. 행복을 위한 조건들을 하나씩 채워 가고 있었다. 외부적인 조건만큼 마음의 행복이 자라지 않았다. 바쁘게 살아낸 나를 토닥이기보다는 채근하면서 살았다. 겉으로 보기에는 평범한 삶을 살고 있었지만, 마음이 늘 분주했다. 해가 뜨기 전이었다. 집안에는 어둠이 깔렸다. 불빛 하나 새어 들어오지 않았다. 눈을 떠서 캄캄한 천장을 응시했다. 옆을 바라보니 아이들은 새근새근 자고 있었다. 일어나서 씻고 나왔다. '딸깍' 소리가 들렸다. 시어머니가 현관문을 열고 들어오시는 소리였다. 출근하는 나와 교대하기 위해서였다. 시어머니는 애들을 돌봐 주셨다. 시어머니가 집으로 출근한 지 벌써 7년이 되었다.

시어머니께 인사하려고 방문을 열었다가 다시 닫았다. 마음 준비가 필요했다. 시어머니와 갈등이 생긴 후 얼굴 보기가 쉽지 않았다. 시어머니와 어색해진 건 지난 추석부터였다. "어머니, 밥이 없어요."라고 말했고 어머니는 "왜 내 밥이 없냐."라고 화를 내셨다. 밥솥에 밥이 없다는 말이었다. 사소한 말이 오해의 불씨가 되었다. 감정에 불꽃이 튀었다. 마음이 삐딱해졌다. 오후 6시! 퇴근 시간이 되었다. 기다리던 퇴근시간이었다. 빨리 집에 가야 했다. 순간 시어머니와 마주할 생각을 하니 걱정이 되었다. 차를 빠르게 몰아 집에 도착했다. 지하에 차를 세웠다. 승강기를 타고 1층에 내렸다. 집으로 바로 올라가지 못하고 아파트 주변을 서성거렸다. 서성이던 발걸음을 마트로 옮겼다. 카트를 끌고 기웃거리며 필요한 물건을 담았다. 시계를 쳐다보니 남편이 집에 올 시간이었다. 발걸음이 빨라졌다. 틀어진 시어머니와 나의 관계는 쉽게 풀리지 않았다.

〈공항 가는 길〉은 몇 년 전에 방영되던 드라마였다. 드라마 속 대화를 외울 정도로 여러 번 보았다. 여주인공 세련된 패션과 제주도 배경을 좋아했다. 최수아에게 딸이 하나 있었다. 남편은 무관심했으며 딸을 혼자 키우기 위해 애쓰는 모습이 그려졌다. 주인공의 허전한 마음이 이해되었다. 최수아에게 멋진 남자가 등장했다. 남주인공 서도우였다. 감미로운 목소리가 내 마음을 흔들어 놓았다. 최수아와 서도우의 애정 전선이 볼만했다. 남편도 슬그머니 내 옆으로 와서 드라마를 같이 봤다. 남편이 드라마를 보자마자 뻔한 불륜 드라마라고 일축했다. 불륜 드라마라고 한마디로 정리할 수 있는 작품이 아니었다. 서도우가 최수아에게 하는 대사를 듣고 있으니 꿈속으로 빠져들었다. 연애 때 남편과 좋았던 시기가 떠올랐다. 지금의 남편과는 달랐다. 돌아보니 남편은 소파에서 잠들었다. 남편의 코 고는 소리에 드라마 음향이 묻히고 말았다.

'아!' 정신이 번쩍 들었다. 결혼은 현실이었다. 코 골고 있는 이 남자와 살고 있다. 남편이 남자 주인공처럼 감성적이지는 않아도 된다. 나도 드라마 속 여주인공이 아니니까 이해할 수 있다. 내게 필요한 건 혼자만의 시간과 공간이다. 혼자만의 시간이 있어야 숨 쉴 수 있을 거 같았다. 드라마가 유일한 낙이었으며 현실 도피처였다. 회사에서는 직원들의 기분을 맞췄다. 집에서는 시어머니 눈치를 봤다. 어디에도 마음 편히 쉴 수 있는 공간은 없었다. 마음대로 할 수 있는 건 TV 채널을 돌리는 거뿐이었다. 드라마 속 여주인공은 '독박 육아'로 정신이 없었다. 가방에 책을 가지고 다니지만 읽을 겨를은 없어 보였다. 가방 속에 한 번도 펼치지 않았을 책을 남주인공이 알아봐 주었다. 나도 누군가 내 마음을 알아주길 바랐던 건 아니었을까.

인생의 풍파에 흔들리고 있었다. 삶을 주체적으로 살아가고 있는 게 아니라 삶에 끌려가는 건 아닐까. 인생에는 굴곡이 있었다. 고비를 지나면 어김없이 고비가 찾아왔다. 왜 나만 힘들까 생각했다. 주변을 살펴보니 누구에게나 쉬운 인생이란 없었다. 풀리지 않는 인생이라며 신을 원망하기도 했다. 창밖을 물끄러미 바라보고 있었다. 시선은 막 피어나려는 벚꽃 몽우리에 닿았다 '아! 꽃이 피었네.' 시선을 따라 나무를 바라보니 온통 벚꽃 세상이었다. 모르는 사이 벚꽃이 활짝 피어 있었다. 벚꽃이 온 세상을 빛나게 했다. 활짝 핀 벚꽃에 시선이 고정되었다. 눈가가 촉촉해졌다. 볼을 따라 흐르는 눈물을 옷소매로 훔쳤다. 내 마음과 대비되는 화사한 봄을 보고 있으니 한없이 작아졌다.

마음을 알고 싶어서 상담받기로 했다. 비싼 돈을 내고 상담까지 받아야 하냐고 지인들이 물었다. 상담실에서 치료자와 마주했다. 상담에서는 내가 먼저 말을 시작해야 했다. 무슨 말을 해야 할지 망설이는 사이에 시간은 흘러갔다. "내 마음을 모르겠어요."라고 내뱉었다. 이어서 정적이 찾아왔다. 비싼 상담료를 냈지만 말 한마디 제대로 하지 못하고 오는 날도 있었다. "무슨 일이 있었나요? 왜 말을 하지 않나요?"라며 침묵을 깨고 상담사가 먼저 질문을 하기도 했다. 말하고 싶었다. 막상 상담실에 앉으면 말문이 막혔다. 처음엔 내 마음을 몰라서 말을 하지 못했다. 상담이 진행되면서 알았다. 무거운 마음을 가벼운 말로 표현하고 싶지 않았다. 생각해 보니 굳게 닫힌 마음은 '내 마음을 어떻게 이해하겠어.'였다. 누구도 내 마음을 이해할 수 없다고 생각했다. 가벼운 말로 위로받고 싶지 않았다. 말을 하지 않은 날에도 비싼 상담료를 지급해야 했다. 시간은 흘러서 상담이 중반쯤 되었을 때 말이 많아졌다. 그간 숨겨 둔 마음을 말하고 싶었다. 시작한 지 1년이 지난 후였다. 마음의 문을 여는 유일한 방법은 '나의 고통'을 이해받았을 때였다. 마음을 여는 일에는 시간과 노력이 필요했다. 말문이 트이면서 상담은 속도가 붙었다. 정신분석 상담에 박사과정을 할 만큼 돈을 지급한 후에 깨달았다. 나는 위로받고 싶었다. 누군가가 간절히 내 마음을 알아주길 바라고 있었다. 마음을 열기 위한 노력은 결실을 보였다. 남편과 마음을 열어 대화하기 시작했다. 적극적으로 내 마음을 표현하기로 했다. 사랑은 이해하고 이해받는 일이니까.

2장

깨달음은 늘
한 박자 뒤에

인생이 무난히 흘러가던 어느 날 유방암 환자가 되었다. 한 치 앞도 보이지 않았다. 어디로 가야 할지 몰라 방황했다. 흔들리는 중에도 일상은 계속되었다. 항암 치료로 지친 날이면 죽고 싶은 마음이 들었다. 우울해서 바닥까지 내려간 날 깨달았다. 죽고 싶은 게 아니라 살고 싶었다. 아이러니하게도 죽음의 문턱에서 일상의 소중함을 발견했다.

1.

유방암입니다

평소와 같은 아침이었다. 막 출근하려고 집을 나서려고 할 때였다. 남편이 나를 보며 "병원 가는 날이지?"라고 물었다. 듣는 둥 마는 둥 다녀온다는 인사를 남기고 집을 나섰다. 운전해서 사무실 앞까지 왔다. 주차하고 사무실까지 걸었다. 몸을 웅크리고 두 손을 주머니 속으로 깊이 찔러 넣었다. 칼바람이 불어와서 볼을 스쳤다. 찬바람이 제법 겨울답다. 종종걸음으로 회사 건물로 들어와서 문을 닫았다. 새해가 시작된 지 보름이 지났다. 1월은 지난해 서류를 마감하기 바쁜 날들이었다. 커피 한 잔을 들고 자리에 앉았다. 뜨거운 커피를 한 모금 마시니 몸이 녹는 느낌이 들었다. 커피잔에 손을 녹였다. 오늘 해야 할 일을 메모했다. 해야 할 일을 정리하다 보니 남편이 했던 말이 생각났다.

'아! 맞다. 병원에 검진받으러 가는 날이다.' 급한 일을 처리하고 병원을 가야 했다. 일하다 보니 시간이 정신없이 지나갔다. 시계를 쳐다보니 병원 진료 시간이 얼마 남지 않았다. 진료 시간에 맞추려면 서둘러야 했다. 병원이 멀지 않은 거리에 있었다. 택시를 타니 곧 도착했다. 뛰다시피 승강기를 잡았다. 다행히 시간에 맞추어 병원에 도착했다. 숨을 몰아쉬며 안내 창구로 갔다. 간호사는 원장님이 아프셔서 잠깐 자리를 비웠다고 했다. 미안하다며 오후로 진료를 다시 예약해 주었다. 갑작스러운 원장님의 부재로 진료가 미뤄졌지만 기다릴 수밖에 없었다.

병원 근처 백화점에서 점심을 먹고 진료 시간을 기다리기로 했다. 백화점 푸드코트에는 사람이 붐볐다. 사람들 사이로 비집고 들어가서 자리를 잡았다. 작은 테이블이 다닥다닥 붙어 있었다. 2인석을 혼자 차지하고 앉았다. 주문하고 음식을 기다리고 있었다. 혼자 서성이던 아주머니가 앞자리에 앉아도 되겠냐고 물었다. 첫인상이 점잖은 분처럼 느껴졌다. 흔쾌히 앞자리를 내주었다. 혼자 식사할 바에는 모르는 사람이지만 함께 하는 편이 나았다. 식사하면서 자연스럽게 한두 마디 말을 나누게 되었다. 자원봉사 활동을 하러 가는 중이라고 했다. 말투와 행동에서 품위가 느껴졌다. 잘 모르는 사람이었지만 좋은 사람과 대화를 나누고 나니 기분이 좋아졌다. 처음 만나는 사람이라도 좋은 사람은 느낌으로 알 수 있었다.

다시 진료실 앞에 왔다. 친정엄마가 유방암 진단을 받았을 때가 떠올랐다. 엄마의 왼쪽 유방에 종양이 있어서 조직 검사를 하고 결과를 기다리고 있었다. 나는 엄마에게 "아직 결과가 나온 게 아니잖아. 걱정하지 마."라고 말했다. 엄마의 가슴을 만져 보니 단단한 종양이 만져졌다. 종양이 야무지고 동그랗다. 조직 검사 결과는 일주일 후에 나온다. 엄마의 종양이 암이 아니길 바랐다. 결과를 기다리는 일주일 동안 매일 밤 악몽에 시달렸다. 엄마의 종양은 암이었다. 나는 충격을 받았다. 엄마는 담담하게 받아들였고 치료를 잘 견뎠다. 엄마의 치료가 끝나고 얼마 후 나의 결혼식이었다. 결혼식 때 엄마는 머리카락이 듬성듬성 자라서 가발을 써야 했다. 유방암은 친정엄마로 인해 이미 경험했다. 악몽 같았던 일이 내게 반복되고 있었다.

로비에서 기다리고 있었다. 원장님은 오지 않았다. 일하기도 바쁜 시간에 시간을 낭비하는 기분이 들었다. 다음에 진료를 보는 편이 나았다. 사무실에 들어가야겠다고 마음먹었다. 그때 남편에게 전화가 왔다. "진료 보기로 마음먹었으니 그냥 받고 가는 게 어때?"라는 남편의 설득으로 자리에 앉았다. 한참 시간이 흘렀다. 원장님이 돌아왔고 진료가 진행되었다. 내 차례였다. 침대에 누우니, 유방을 손으로 촉진했다. 원장님의 숙련된 손길이 느껴졌다. "뭐가 만져지네요. 검사를 해 봐야겠어요. 좋지 않아 보여요."라고 했다. 예감이 좋지 않았다. '신이시여! 유방암만 아니게 해 주세요.' 간절해진 마음으로 기도했다. 조직 검사를 마치고 집으로 돌아왔다. 원장님은 "조직 검사 결과가 나오는 대로 전화 드릴게요."라고 했다. 근심을 한가득 안고 회사로 무거운 발걸음을 옮겼다.

일주일이 지났다. 일하던 중 병원에서 걸려 온 전화를 받았다. "환자분 결과가 안 좋아요. 결과를 들으러 오세요."라고 했다. 다음 날 진료실에 앉았다. 남편의 손을 꼭 잡았다. 원장님은 "결과가 안 좋습니다. 큰 병원으로 가세요."라고 말했다. 머리가 멍해졌다. 충격이었다. 아프지도 않았는데 암이라니 믿을 수 없었다. 순간 하늘이 무너졌다. 어떻게 해야 할지 막막했다. 서울에 있는 큰 병원으로 가야겠다는 생각이었다. 병원을 검색해서 전화를 돌렸다. 다행히 삼성서울병원에 진료 예약을 잡을 수 있었다. 코로나바이러스가 유행하면서 진료를 취소하는 환자들이 생겨났던 것이었다. 다행히 진료를 받을 수 있었다. 검사 결과지를 제출하고 결과를 들었다. "유방암이 맞습니다. 수술을 위해 추가적인 검사가 있습니다." 알고 있지만, 다시 들어도 가슴이 철렁했다. 수술하기까지 몇 가지 검사가 남아 있었다. 검사 결과를 들을 때마다 가슴이 조여 왔다. '살려 주세요.'라는 마음이 간절해졌다. 평소 종교는 없었다. 암을 진단받은 후 기도를 했다. 죽음에 대한 두려움과 살고 싶은 간절함이 수시로 오고 갔다.

수술까지 건강 관리에 신경을 써야 했다. 코로나바이러스에 감염되지 않도록 주의가 필요했다. 병원에서 처방한 검사가 진행되었다. BRCA 유전자 검사를 하는 날이었다. BRCA 검사에서 변이유전자로 나올 확률은 25%였다. 만약 변이유전자로 나오면 난소 절제 수술을 하는 게 좋다고 설명했다. 앤젤리나 졸리가 유방절제술을 한 기사가 떠올랐다. 검사 때마다 최악의 상황까지 고려하게 되었다. 부작용이 없는 검사는 없었다. "부작용이 있습니다. 이 검사를 받는 5%의 사람들이 심장마비를 일으키기도 합니다."라고 말했다. 심각한 부작용에 대해 듣고 있으면 살려고 하는 건지 죽으려고 하는 건지 도대체 알 수 없었다. 치료 과정이 빨리 지나가길 바랄 뿐이었다. 병원에서 하라는 대로 하기로 했다.

치료 과정은 어둠의 터널을 걷는 기분이었다. 한 치 앞도 보이지 않았다. 인생이 모두 끝났다는 생각마저 들었다. 두려움이 나를 바닥까지 끌어내렸다. 그럴 때마다 살려 달라고 신을 찾았다. 수술, 항암 치료, 방사선 치료는 모두 끝났다. 한참 어둠 속에서 헤매고 나니 한 줄기 빛이 찾아왔다. 물론 6개월에 한 번 정기검사와 타목시펜 복용, 졸라덱스 주사가 처방되었다. 일상이 회복되고 있었다. 항암 치료로 빠진 머리카락이 자라서 까까머리가 되었다. 돌아온 일상은 기적 같았다. 스르륵 눈을 떴다. 아침 햇살이 비추고 있었다. 새로운 아침은 내게 선물이었다. 은지가 내 옆에서 잠들어 있었다. 두 팔로 끌어안고 속삭였다. "사랑해…"

'오늘'은 선물이었다. 살아 있다는 사실에 감사했다. 예전과 달라진 것은 없었다. 단지 죽음이 생각보다 가까이 있을지도 모른다고 생각하니 '오늘'이 소중해졌다.

2.

상처는 몸보다
마음이 기억해

　내일은 수술하는 날이다. 수술 준비를 위해 하루 전에 입원했다. 입원한 병실은 2인실이었다. 옆자리에 환자가 없어서 1인실이나 다름없었다. 병원에 누워서 바라보는 창밖에는 봄기운이 느껴졌다. 얼어붙었던 땅은 녹아 있었다. 초록 나뭇잎에서 생기가 느껴졌다. 잠시 잠이 들었다. 깨어 보니 남편이 나를 걱정스러운 눈빛으로 내려다보고 있었다. 늦은 오후 전공의가 들어왔다. 수술의 위험성을 설명하였다. "유방에 암세포가 주변으로 퍼져 있으면 부분 절제가 아닌 전 절제를 할 수 있어요."라고 했다. 수술할 때는 검사와 달리 암세포가 번져서 수술 범위가 넓어질 수 있다는 말이었다. 전공의 설명이 짧고 건조했다. 수없이 반복한 듯한 준비 사항을 녹음기 틀어 놓은 듯 풀어냈다. '만약에', 또는 '최악에는'이라고 이어지는 예시를 듣는 일은 곤혹스러웠다.

수술하는 날이 되었다. 수술 준비를 하고 휠체어에 앉았다. 수술 전 해야 하는 검사를 마쳤다. 수술실 앞까지 남편이 휠체어를 밀어 주었다. 수술실 문이 열렸고 보호자는 수술실 앞에서 대기하라고 했다. 휠체어는 간호사 손에 맡겨졌다. 간호사 손에 이끌려 수술 대기실로 들어갔다. 한참 대기한 후에 내 차례가 되었다. 수술대에 누웠다. 수술복만 입고 있었다. 수술실의 차가운 온도가 몸으로 전해졌다. 차가운 온도를 채 느끼기도 전에 의식은 멀어졌다.

깨어 보니 수술이 끝났다. 의식이 깨어나는 것을 확인하고 입원실로 옮겨졌다. 수술 후 수술 과정에 대한 설명을 들었다. 암을 도려낸 후 수술이 잘되었는지 조직 검사를 했다고 한다. 도려낸 수술 부위에서 암세포가 추가로 발견되었다. 한 번 더 주변부를 도려내는 수술을 해야 했다. 수술은 종양과 주변부의 조직을 걷어 냈고 감시 림프샘을 떼어 내어 전이 여부를 확인한 후에야 끝이 났다. 수술 후 왼쪽 가슴 아래쪽으로 10㎝의 두껍고 긴 상처와 왼쪽 겨드랑이 아래에 10㎝ 상처를 갖게 되었다. 수술이 끝나고 큰 고비를 넘겼다고 생각했다. 앞으로가 더 문제였다. 다들 이제부터가 시작이라고 했다. 얼마나 더 고통스럽고 아파야 끝이 날지 모르겠다. 가슴에 난 상처보다 더 깊은 상처가 마음속에 새겨졌다. 언제나 몸에 난 상처보다 마음에 난 상처가 더 크고 아픈 법이다.

정신건강 간호사로 주민을 상담한다. 찾아오는 주민들은 마음의 상처를 안고 있었다. 그들의 아픔을 들으면 그중엔 먼지가 쌓인 오래된 일도 있었다. 내담자는 오랜 세월이 지난 일인데도 최근의 일처럼 생생하게 그려 냈다. 그들의 상처가 오랜 시간이 지났음에도 불구하고 최근의 일처럼 그려지는 이유가 궁금했다. 그들에게는 공통점이 있었다. 아픔을 곱씹고 있다는 점이었다.

효주 씨가 상담실 문을 열고 들어왔다. 키는 작았지만 입을 다문 얼굴은 야무져 보였다. 첫 상담 시간이었다. "어떻게 오셨나요? 어떤 도움을 받고 싶나요?"라고 질문했다. 그녀는 말이 없었다. 눈에서 소리 없이 눈물이 흘렀다. 티슈를 그녀 앞에 놓아 주었다. 눈물을 닦아 내고 한참 정적이 흐른 후에야 말문을 열었다. 남편이 얼마 전에 돌아가셨다고 했다. 남편은 알코올중독자였다. 남편과 15년 살면서 수없이 가정 폭력에 시달렸다. 그녀는 요양보호사 일을 하며 생계를 책임지고 있었다. 딸 둘을 키우며 열심히 살아왔다. 앞으로 어떤 일이 있어도 살아 내겠다는 의지를 엿볼 수 있었다. 수시로 폭력을 행사하는 남편은 이제 없다. 하지만 그녀에게 상처의 흔적은 남아 있었다.

효주 씨는 남자를 무서워했다. 효주 씨와 두 번째 상담이 약속된 시간이 되었다. 상담 시간에 늦을 사람이 아닌데 기다려도 오지 않았다. 한참 후에 상담실 문을 열고 들어오는 그녀의 얼굴이 상기되어 있었다. 사정을 들어 보니 상담실 앞에 남학생들이 모여 있었다. 남학생들이 무서워서 계단으로 몸을 피해서 한참 피해 있었다고 했다. 남학생들은 센터에 실습 나온 사회

복지학과 대학생들이었다. 그들은 조카뻘 되는 나이였다. 효주 씨는 남자 목소리만 들어도 가슴이 두근거렸다. 마음의 상처는 눈에 보이지 않지만, 자신도 모르는 사이 불쑥 튀어나와서 곤란하게 했다.

김 군이 상담을 받으러 왔다. 김 군은 군대에서 제대하고 집에 있었다. 사회생활이 두렵고 적응이 쉽지 않았다. 살아왔던 이야기를 들어 보면 성실하게 자신의 역할을 해 왔다. 귀여운 외모에 말도 잘했다. 처음 김 군을 만났을 때는 상담이 필요 없을 정도로 건강해 보였다. 김 군의 주 호소는 사람 만나는 것이 힘들다는 것이었다. 상담이 진행되면서 김 군의 조심스럽고 배려 깊은 태도를 느낄 수 있었다. 대인관계를 잘하고 배려심 깊은 김 군이 어떤 점에서 대인관계가 어려운지 궁금했다. 그는 학창 시절에도 상담을 받은 경험이 있다고 했다. 학창 시절에도 대인관계에 어려움을 가지고 있었다. 김 군의 이야기를 들어 보니 친구가 없고 혼자 지내는 시간이 많았다. 심지어 부모님과도 대화를 많이 하지 않았다. 친구를 사귀고 싶고 관계를 맺고 싶었다. 노력했지만 마음처럼 되지 않았다. 시작인 첫 만남부터가 어려웠다.

어렸을 때 엄하고 고압적인 아버지로 인해 힘들었다고 했다. 부모님은 그에게 관심이 없었다. 부모님은 맞벌이했다. 어렸을 때부터 김 군은 자주 혼자였다. 누나가 있었지만 친하지 않았다. 자신이 없고 무슨 문제가 생기면 자신의 잘못이라고 생각했다. 김 군의 자존감은 바닥이었다. 어린 시절

속 이야기를 좀 더 들어 보았다. 부모님은 누나와 김 군을 항상 비교했다. 마음 상처 뒤에는 어린 시절 비교당했던 냉정한 현실이 존재했다.

김 군의 마음 상처가 깊어 보였다. 부모님께 인정받고 싶었으나 잘되지 않았다. 모든 걸 잘하는 누나를 이길 수는 없었다. 김 군을 위로하고 응원하고 싶었다. 김 군은 새롭게 시작해 보려고 노력했다. 새로운 사람을 만나려고 시도했고 학원도 등록했다. 시작인가 싶었는데 그럴 때마다 작은 일로 자책하고 무너졌다. 나는 김 군에게 웃어 보였다. 넘어지고 아파해도 괜찮다고 말했다. 김 군은 동호회에 다시 나가기 시작했고 회원들과 곧잘 어울렸다. 누구에게나 실패가 존재할 수밖에 없다. **실패해도 괜찮다. 일어나서 다시 시작하면 된다.** 아기가 수없이 넘어져야 걸을 수 있듯이 실패는 단지 성공의 과정일 뿐이다. 만약 실패했더라도 툭툭 털고 일어나면 그뿐이다.

왼쪽 가슴에 수술한 자리는 아물어 갔다. 다행히 수술은 잘되었고 예후도 좋았다. 마음의 상처는 여전했다. '다시 내게 병이 찾아오면 어쩌지.'라는 두려움이 생겼다. 정기 추적 검사를 할 때마다 고비를 넘는 기분이 들었다. 어른들은 시간이 약이라고 말했다. 시간이 지나면 마음의 상처가 흐려질지도 모르겠다. 유방암 수술로 난 상처는 몸보다 마음이 기억했다. 나도 모르게 지난 일을 곱씹고 있었다. '왜 나만 아파야 하는지 모르겠어. 나는 억울해.'라고 생각했다. 상황은 바뀌었지만, 부정적인 생각은 반복되었다.

건강은 회복되었고 일상으로 돌아왔으면 마음도 회복되어야 한다. 아픔에서 벗어나려고 발버둥 칠수록 깊은 수렁에 빠지는 느낌이 들었다. 이제야 내담자의 마음을 이해할 수 있었다. 아픔을 털고 일어나라는 섣부른 충고는 부질없는 짓이었다. 이제야 짐작할 수 있다. 그들은 상상하지 못할 정도로 아팠는지도 모른다. 때론 어설픈 위로보다는 침묵이 나을 때가 있다는 걸 배웠다. 배운 이론만으로 알고 있다고 착각할 때가 있었다. 몸으로 배운 경험을 통해 이론을 다시 만났다. 입을 닫고 마음을 열어 그들의 이야기를 들었다면 더 나았을 것이다. 사람을 만나서 마음을 나누기란 참 어려운 일이다. 먼저 귀 기울여 듣는 정성과 시간을 들이는 것이 무엇보다 중요하다.

3.

마음에 곪은 상처, 우울증

　길었던 유방암 치료는 끝이 보이기 시작했다. 수술, 항암 치료, 방사선 치료가 끝났다. 유방암에는 여러 종류가 있다. 종류에 따라 치료는 달라졌다. 나의 경우는 호르몬 양성에 해당했다. 방사선 치료가 끝나자 호르몬 치료를 시작했다. 여성호르몬을 차단하여 원인을 제거하려는 차원이었다. 호르몬 치료를 한 후 폐경이 되었다. 호르몬 치료의 영향으로 우울증이 찾아왔다.

　우울증은 우울감과 차원이 다르다. 우울한 기분처럼 우울증도 자연스럽게 좋아질 거라 믿었다. 우울증을 보통 '감기'에 비유한다. 주변에서 자주 보는 흔한 병이기 때문이다. 인구의 15~20%는 일생 중에 한 번은 우울증을 경험한다. 우울증은 일상의 맛과 재미를 빼앗아 간다. 사는 맛이 없었다. 잠을 못 자고 입맛이 없었다. 잠을 못 자는 게 가장 힘든 일이었다. 밤은 잠과 싸움했다. 피로는 푹 자고 나면 좋아지기도 한다. 잠을 못 자니 상태가 최악이었다. 며칠째 잠 못 자는 밤이 되었다. 잠이 안 오는 밤은 너무 길었다. 눈이 시리고 몸은 여기저기가 쑤셨다. 하룻밤 깊이 잠들 수 있다면 소원이 없었다. 뒤척이는 소리에 남편이 잠에서 깰까 걱정되었다. 슬그머니 나와서 은지의 방에 가서 누웠다. 명상 음악을 틀었다. 음악을 듣고 있으니 마음이 편안해졌다. 자는 건 포기했다. 눈을 감고 있었다. 잠들지 않아도 눈을 감고 있으면 피로가 덜해졌다. 인기척에 놀라 잠에서 깼다. 어느새 잠이 들어 있었다.

첫 번째 항암 주사를 맞았다. 항암 주사를 맞고 나면 1~2주 사이에 머리카락이 빠지기 시작한다는 설명을 들었다. 각오한 일이었다. 12일째 되던 날부터 머리카락이 한 움큼씩 빠졌다. 머리를 감을 때 손에 닿는 머리카락마다 흘러내리기 시작했다. 머리카락이 듬성듬성 빠지니 보기 흉했다. 내가 지나간 자리마다 머리카락이 떨어져 있었다. 은성이는 돌돌이를 가지고 내 뒤를 쫓아다녔다. 집안에 떨어져 있는 머리카락이 신경 쓰였던 모양이었다. 돌돌이로 머리카락을 줍던 은성이는 내게 "엄마, 이제 머리카락을 미는 게 어때?"라고 말했다. 나도 머리를 밀어야 한다는 걸 알고 있었다. 얼마 남지 않은 머리카락이 볼품없었다. 은성이가 내 마음을 읽었을까. 은성이는 내 마음을 아는지 모르는지 웃고 있었다. '그래, 용기를 내 보자.' 단골 미용실 앞을 서성거렸다.

미용실에는 손님이 두 명 앉아 있었다. 남들 앞에서 몇 가닥 안 남은 머리를 보일 생각을 하니 용기가 나질 않았다. 발을 돌려서 다시 집을 향했다. 머리를 감고 나니 남아 있었던 머리카락이 거의 다 빠졌다. 눈물을 참으려고 이를 악물었다. 바닥에 흩어져 있는 머리카락을 손으로 쓸어 담았다. 이제 머리카락이 한두 가닥밖에 남지 않았다. 거울 속에 비친 모습은 마치 골룸 같았다. 어쩔 수 없이 퇴근한 남편에게 머리를 들이밀었다. "여기 남아 있는 머리카락을 밀어 줘."라고 말했다. 남편은 내 머리카락을 밀어 주며 머리통이 예쁘다고 칭찬했다. 남편의 눈에 눈물이 고였다.

아프다고 말하고 싶지 않았다. 아프다고 하면 누가 좋아할까 싶어서였다. 오랜만에 친구들과 집 앞 카페에서 만나기로 했다. 외출 준비가 길었다. 화장하고 가발도 써야 했다. 핑크 립스틱을 골라서 발랐다. 가발을 쓰니 꽤 괜찮아 보였다. 집 앞에 나오니 햇살에 눈이 부셨다. 오랜만에 나오는 외출이었다. 봄은 한창 화사했다. 놀이터 둘레로 철쭉이 빼곡히 피어 있었다. 내 마음과 달리 봄은 빛났다. 철쭉을 바라보는 시선이 땅을 향했다. 눈물이 고였다. 눈에 맺힌 눈물이 흐르기 시작했다. 주저앉아 울고 싶었다. 고개 숙인 채 놀이터 앞에서 한참을 서 있었다. 한참 울고 났더니 속이 시원했다.

카페로 가야 했다. 흐르는 눈물을 쓱쓱 문질러 닦아 내었다. 참고 있던 눈물을 터지고 나니 발걸음이 한결 가벼웠다. 가발을 다섯 번째 샀다. 어떤 스타일이 어울릴지 몰라서였다. 유방암 경험담을 자주 읽었다. 치료 과정에서 준비해야 할 물품 등 여러 가지를 알려 주었다. 정보를 알기 위해 글을 읽었지만, 건강이 악화하였다는 내용을 읽으면 속상해지기도 했다. 가발에 대한 소개는 다양했다. 통가발, 부분 가발 원하는 대로 선택할 수 있었다. 여러 사이트에서 가발을 비교하고 상품평을 읽어 보았다. 어떤 가발이 어울릴지 몰라서 우선 사서 착용해 보기로 했다. 최대한 아픈 티를 내고 싶지 않았다. 그렇게 생각하니 사람 만나는 게 힘들었다. 집에만 있을 수도 없는 일이었다. 장을 봐야 했고 아이들 마중도 나가야 했다. 동네 아줌마들은 내게 관심도 많고 말도 많았다. 최대한 피해 다녔지만 다들 아는 눈치였다. 가발이 자주 바뀌는 게 문제였다. 항암 치료는 생각했던 것보다는 견딜 만했다. 이어 방사선 치료가 시작되었다. 무더운 여름날 시작된 방사선 치료는 괴로웠다. 치료 전 파란색 매직으로 몸통에 선을 그어 치료할 곳을 표시했다. 정확한 위치에 방사선을 쬐기 위해서였다. 정육점에 걸려 있는 고기가 된 기분이다. 방사선 치료 30회가 처방되었다. 주 5회 병원으로 꼬박 출근했다. 치료가 끝나면 축하 파티라도 해야지 생각했다. 치료는 끝났지만 축하할 기력은 남질 않았다.

'나 동해 갔다가 내일 올게.'라는 말만 남기고 나왔다. 무작정 차에 올랐다. 고향에 가서 친구를 만날 생각이었다. 오랜만에 미주를 만났다. 미소로 나를 반겨 주었다. 미주가 이사한 집은 처음이었다. 연보라 커튼과 화이트 벽지가 잘 어울렸다. 오늘은 미주의 생일이었다. 미주 가족과 함께 식탁에 앉았다. 케이크와 샴페인이 준비되어 있었다. 잔을 마주쳤다. 생일파티를 끝마치고 미주와 안방으로 들어갔다. 수다는 끝이 없었다. 새벽 2시가 되었다. 밤이 깊어진 만큼 대화도 깊어졌다. 미주는 내게 물었다. "너 괜찮아?" 대답하려는데 목이 메었다. "안 괜찮아."라고 답했다. 미주는 씩씩한 내가 오히려 이상했다고 한다.

미주가 자신의 경험을 꺼내 놓았다. 몇 년 전 사는 게 너무 힘들어서 죽고 싶을 때가 있었다고 했다. 그 당시 위로가 되었던 것은 따뜻한 커피 한 잔을 놓고 모락모락 올라오는 김을 바라보는 순간이었다. '사는 거 별거 아니다. 괜찮다.'라는 생각이 불현듯 들었고 그날 이후 마음이 가벼워졌다고 했다. 미주도 죽고 싶을 만큼 힘든 순간이 있었다니 믿어지지 않았다. 나만 힘든 게 아니었다. 미주의 경험이 나의 마음을 움직였다. 새로운 마음으로 살아 보고 싶었다. 어떤 말로도 위로가 되지 않는 시절이었다. 나만 힘들다고 느껴졌다. 가벼운 위로는 오히려 역효과를 내기도 했다. 힘들 때 여러 가지 말보다 역경을 극복한 사례가 힘이 되었다. 힘든 순간일수록 인생역전 내용이 있는 책을 읽는다. **누구나 힘든 순간이 있다는 사실이 아픈 나를 버티게 했다. 힘든 일은 곧 좋은 일이 온다는 신호이다. 참고 기다리면 분명히 화창한 봄날이 내게 올 것이다.**

4.

회복은
한 걸음부터

이 일을 시작한 지 벌써 20년이 되었다. 25살에 처음으로 보건소 정신건강 사업에 발을 들였다. 내가 하는 일은 주민들의 힘든 마음을 듣는 일이다. 나를 찾아오는 주민들은 희망이 없다고 말했다. "그렇게 힘들었는데 살아온 힘은 무엇이었나요?"라고 물었다. 그들은 어렵게 살아온 이야기를 꺼내 놓았다. 우리를 찾아온 주민들은 마음의 어려움도 있었지만, 경제적인 어려움이 시급한 문제였다. 먹고사는 문제를 해결하는 것이 먼저였다. 급한 대로 복지 서비스를 연결했다. 그들의 외로운 마음을 들여다봤다. 건강 회복을 위해 작은 일이라도 시도해 보자고 권했다. 막상 그들의 마음을 움직이게 하는 건 쉽지 않았다. 그들도 현재 상황에서 달라지려면 행동해야 한다는 것을 알고 있었다. 그들은 힘든 상황에 오랫동안 노출되어 있었고 무기력했다. 빈번하게 그들의 마음에 나의 말은 닿지 않았다. 나는 조바심이 났다. 어떻게든 도움이 되고 싶었다. 내가 우울증을 겪은 후에 알았다. 마음이 움직이지 않으면 종이 한 장 드는 일도 불가능한 일이었다. 그들 마음의 문을 여는 일이 먼저였다.

　더운 날 방사선 치료를 받고 오니 몸이 축 늘어졌다. 아무것도 하고 싶지 않았다. 몸에서 기운이 모두 빠져나가는 기분이었다. 은성이와 은지는 거실에서 놀고 있다. 엄마가 힘든 걸 아는지 군소리가 없었다. 점심때가 되었지만, 밥을 챙겨 줄 힘은 없었다. 배달의 민족 앱을 열어서 짜장면 2개를 배달시켰다. 다시 침대에 누웠다. 이대로 포기하고 싶었다. 이렇게 힘든데 살 수 있을까.
　예전에 상담받았던 선생님이 생각났다. 상담을 다시 받기로 했다. 상담이 시작되었다. 마음속에 있던 생각과 감정들을 쏟아 냈다. 상담이 끝나 가지만 무슨 말을 했는지 다 기억나지 않았다. 분명한 건 죽고 싶다고 말했다. 상담을 마무리하는 시간이 되었다. 상담 선생님이 "박 팀장 죽으면 애들과 남편은 어떻게 해요. 왜 그 생각은 못 해요?"라고 말했다. "박 팀장 이대로는 위험해요. 약을 먹어야 할 거 같아요."라며 약을 처방해 주었다. 선생님은 정신분석가이면서 정신과 의사였다. 이번에는 상담이 아닌 약을 권했다. 내가 위험하다고 판단하신 듯했다. 집에 와서 식탁에 앉았다. 처방해 준 약을 먹을까 말까 고민했다. 며칠째 잠을 못 잤으니 약을 먹으면 도움이 될 것이다. 약봉지를 뜯어서 한 알을 먹었다. 약을 먹었다고 바로 잠이 오는 건 아니었다. 한참을 뒤척였다. 약을 먹은 후 근육통으로 온몸이 아팠다. 약을 계속 먹을지 말지 고민이 되었다. 손바닥 위에 알약 두 알을 올려놓고 내려다보고 있었다. 한참 한자리에 서 있었다.

거실로 나가서 쓰레기통에 약을 버렸다. 약을 먹지 않기로 했다. 약은 불편한 증상을 한 번에 해결해 줄지도 모른다. 그동안 못 잤던 잠을 자게 할 수도 있다. 그러나 닫힌 마음은 열지 못했다. 우울증을 이론으로 배웠다. 우울증은 뇌 신경전달물질의 오류이며 뇌의 병이라고 알고 있다. 약을 먹으면 뇌의 신경전달물질이 원활히 작동하는 데 도움이 된다. 이론상으로는 우울증이 확실하다. 약의 도움을 받아야 한다. 하지만 약을 먹지 않기로 했다. 나는 이대로 괜찮을까.

약을 모조리 쓰레기통에 버렸다. 침대에 누워 멍하니 천장을 바라보았다. 밤에 잠을 못 자니 낮에 상태가 좋을 리가 없었다. 아프기 전에는 시간만 있으면 책을 읽겠다고 달려들었다. 도무지 책이 눈에 들어오지 않았다. 집중이 되지 않았다. 생각은 한쪽으로 치우쳤다. 인지적인 문제가 생겼다. 결국, 판단력이 흐려졌다. 이론상으로는 이해되었다. 인지력 저하, 현실 검증 능력 저하, 판단력 저하는 우울증의 증상이다. 일상적으로 하던 단순한 일들이 불가능해졌다. 책을 읽고 생각하는 일은 어려운 과제가 되었다. 카페에 앉아서 책장을 넘겼다. 글이 눈에 들어오지 않고, 머리가 멍해졌다. 책을 내려놓았다.

"이럴 거면 죽는 게 낫겠어."라고 중얼거렸다. 끝도 없는 어두운 터널을 건너가는 기분이 들었다. 이론으로 배웠던 우울증과 나의 증상이 명확하게 맞아떨어졌다. 약을 먹지 않기로 했으니 병원에 갈 이유는 없었다. 남편은 힘든 치료를 견뎌 냈으니 마음이 힘든 건 당연하다고 위로했다. 시간을 보내며 호전되길 기다려 보기로 했다. 명상 음악을 틀었다. 물소리도 듣고 빗소리를 들었다. 온종일 듣다 보니 마음이 편해졌다. 뾰족한 방법이 없을 때 시간이 지나가길 기다리는 것이 나의 대안이었다.

살다 보니 암 환자가 되었다. 암 치료의 과정은 길고 복잡했다. 고통의 흔적으로 우울증이 찾아왔다. 힘든 기간 동안 남편은 지치지 않고 나를 응원해 주었다. "당신은 힘든 치료 받은 사람이야. 우울증을 겪는 건 어쩌면 당연한 일이야."라고 했다. 남편은 그동안 힘들었으니 쉬어 가도 된다고 말해 주었다. 다른 사람이 도울 수 없는 일이었다. 혼자 아플 만큼 아파야 했다. 바닥까지 내려가고 나서야 일어날 힘을 낼 수 있었다. 살림은 뒷전이고 할 수 있는 일은 없었다. 때때로 가슴에서 불같은 화가 치밀어 올랐다. 이대로는 안 되겠다. 기력을 회복하기 위해 운동을 하기로 했다. 매일 걷는 것을 목표로 했다. 남편은 나와 함께 걸었다. 걷는 것조차 마음대로 되지 않았다. 발걸음이 무겁고 속도가 느렸다. 천천히 한 발씩 내디뎠다. 운동은 변화의 시작이었다. 한 걸음 내디딜 때마다 '다시 시작하는 거야.'라고 마음을 다졌다. 용기를 내기로 했다. 회복은 한 걸음에서부터 시작된다.

남편이 퇴근하면 아이들과 함께 저녁을 먹었다. 남편이 현관문을 여는 소리가 들렸다. 저녁 차리는 손이 빨라졌다. 저녁을 먹고 설거지를 후딱 해치웠다. 걸으러 나갈 시간이었다. 우리가 운동하는 동안 아이들에게 게임을 허락했다. 언제부터인가 아이들은 은근히 우리의 운동 시간을 기다리는 듯했다. 현관에서 운동화 끈을 단단히 동여맸다. 어제보다 조금 더 빠른 속도로 걸어야겠다. 남편의 걸음에 보폭을 맞추었다. 걷다 보니 다시 남편과 멀어졌다. 분명 힘차게 걷고 있다고 생각했는데 속도가 나질 않았다. 팔만 힘차게 흔들고 있었다. 몸 따로 마음 따로였다. 남편은 뒤를 돌아보며 빨리 오라고 재촉했다. "매일 걷는 것만으로도 신통하지. 재촉하지 마!"라고 소리쳤다. 나의 목소리가 대전천에 울려 퍼졌다. 남편은 흠칫하더니 "목소리가 쩌렁쩌렁한 걸 보니 살아 있네."라고 말했다. 순간 오기가 발동했다. 남편보다 더 빨리 걷고 싶었다.

걷는 날들이 차곡차곡 쌓이고 있었다. 가을이 깊어졌다. 운동하러 나가려고 채비를 했다. 운동화를 신고 거울을 봤다. 머리카락이 제법 길었다. 아직은 까까머리이긴 하지만 모자를 벗고 나가기로 했다. 점퍼의 지퍼를 턱선까지 올렸다. 바람이 제법 차가웠다. 가을인가 싶었는데 겨울이 되어 있었다. 남편과 나란히 대전천을 따라 걸었다. 팔을 저으며 힘차게 걸었다. 남편보다 앞서 있었다. 남편에게 "오늘따라 왜 이렇게 늦장을 부리는 거야."라며 타박했다. 숨을 몰아쉬며 보폭을 크게 걸었다. 이 정도면 뛸 수도 있을 거 같았다. 숨이 찰 때까지 뛰어 보고 싶었다. 뒤도 돌아보지 않고 달리기 시작했다. 두근거리는 심장을 생생하게 느낄 수 있었다. 어느새 남편이 내 뒤를 바짝 붙어서 쫓아왔다. 다시 달리기 시작했다. "나 이제 뛸 수도 있어."라며 뒤쫓아오는 남편에게 말했다. 언제 아팠냐는 듯 일상에 생기가 찾아왔다. 힘든 시기를 참아 내면 좋은 날이 찾아온다. **길고 지루했던 아픔은 조금씩 지워지고 있었다. 내일은 어떤 하루가 내게 올지 기대했다. 내딛는 작은 걸음마다 희망을 담아 보았다.**

5.

괜찮고
싶었어

"너 괜찮아? 너무 씩씩해서 이상하더라." 나를 지켜보던 동네 언니가 물었다. 언니를 보고 싱긋 웃었다. 그러고 보니 아픈 중에도 열심히 살았다. 아파도 애들은 내 손으로 챙겼다. 어떻게든 버텨 내야 한다고 나를 채근했다. 애들의 세 끼 식사는 손수 만들어 먹였다. 집안은 쉴 새 없이 어지러워져 있었다. 집안을 치웠다. 학부모 모임을 쫓아다녔다. 학부모 모임에서 얻은 정보는 아이들 학교 적응에 도움이 되었다. 유방암 치료받으면서 일상생활을 잘 견뎌 냈다. 하나라도 내려놓을 수가 없었다. '잘하고 있어. 아프지만 할 수 있어.'라고 나를 응원했다. 치료가 끝나면 자유가 찾아올 거라 믿었다.

암 치료 기간을 잘 버텨 냈지만 뒤늦게 찾아온 우울증이 내 발목을 잡았다. 언제부턴가 죽고 싶은 생각이 머릿속에서 떠나지 않았다. 처음에는 그저 지나가는 과정이라고 생각했다. '힘든 치료를 받았으니 그럴 수 있어. 시간이 지나면 나아질 거야.'라며 지나가길 기다렸다. 죽고 싶은 생각을 통제하기란 불가능했다. 잠 못 드는 밤은 고통스러웠다. 가슴이 답답하고 숨이 막혀 왔다. 손으로 가슴을 쓸어내렸다. "괜찮다. 괜찮다. 괜찮다."

아픈 시절 내 곁에는 현정 언니가 있었다. 언니가 아니라 엄마 같았다. 우리는 같은 동네에 살았다. 언니는 'THE 같이 가치' 독서 모임에서 만나 인연이 되었다. 언니를 알게 된 지 1년이 조금 넘었다. 현정 언니는 수줍어하고 부끄럼이 많았다. 먼저 연락이 오거나 만나자고 한 적은 없었다. 치료가 시작되면서 언니에게 자주 연락이 왔다. "병원에 잘 다녀왔어? 오늘 항암 주사 맞는 날이지?"라고 내 상태를 물었다. 언니의 목소리는 다정했다. 치료로 입맛이 없는 날이면 언니가 음식을 준비해 주었다. 언니가 만든 특제소스는 어떤 요리에 넣어도 만능이었다. 언니의 특제소스를 넣으면 모든 재료를 그럴듯한 맛을 내었다. 비빔면을 해 먹어도 맛있고 고기 양념에 넣어도 감칠맛을 냈다. 우리 집 벨이 울렸다. 나가 보니 집 앞에 종이봉투가 걸려 있었다. 두부와 과자가 집 앞에 배달되었다. 현정 언니가 놓고 간 게 분명했다. 물건을 챙겨 드는데 카톡이 울렸다. 역시 언니였다. 치료받느라 힘들 텐데 잘 챙겨 먹으라는 메시지였다.

치료가 진행될수록 몸은 더 피곤했다. 누워 있는데 언니에게 전화가 왔다. 김치찜과 돼지 주물럭을 해 놨으니 가지러 오라고 했다. 밥맛이 없고 기운이 떨어지는 시기였다. 반가운 마음에 언니 집 앞으로 달려갔다. 염치 없었다. 하지만 내가 하는 음식은 맛이 없었다. 언니의 김치찜으로 공깃밥 을 한 그릇 뚝딱 해치웠다. 김치를 씻어서 조리한 김치찜이었다. 언니는 항 암 치료를 받는 나를 생각해서 고춧가루와 자극적인 재료를 빼서 조리했 다. 언니의 세심한 배려가 느껴졌다. 언니와 함께라서 항암 치료도 거뜬 히 이겨 낼 수 있었다.

힘든 순간에 내 곁에는 늘 현정 언니가 있었다. 수술, 항암 치료, 방사선 치료를 지나는 동안 끊임없는 응원을 보내 주었다. 현정 언니는 일주일에 한 번 두부를 집 앞에 놓고 갔다. 두부가 떨어질 새 없이 배달해 준 언니를 아이들은 '두부 이모'로 기억했다. 유방암 치료가 끝나지 않았다. 아직 가야 할 길은 멀고 험했다. 울고 나면 마음이 약해질 거 같아서 참고 있었다. 현 정 언니에게 전화가 왔다. 가발을 쓰고 옷을 챙겨 입고 나왔다. 이제는 언니 집 현관을 통과하는 것이 익숙했다. 자연스럽게 언니가 알려 준 비밀번호 를 누르고 들어왔다. 언니가 나를 보더니 머리가 잘 어울린다고 위로했다. 언니는 내게 묵직한 검은 봉지를 내밀었다. "닭볶음탕이야! 조리해서 먹으 면 돼. 양념이 잘 되었을지 모르겠어. 입맛 없을 텐데 한번 먹어 봐."라고 했 다. 목이 메었다. 훌쩍거리는 목소리로 고맙다는 인사를 하고 돌아섰다.

닭볶음탕을 끌어안고 걸었다. 몇 발걸음을 떼지 않아서 눈물이 폭풍처럼 쏟아졌다. 다른 사람의 시선 따윈 신경 쓸 여유조차 없었다. 그 자리에 주저앉아 펑펑 울어 버리고 말았다. 애써 참아 오던 눈물이 쏟아졌다. 닭볶음 탕의 온기가 가슴으로 전해졌다. 유방암 치료는 생각한 것보다 길고 힘들 었다. 신은 나에게 고난만 주지 않았다. 이겨 낼 수 있는 용기를 주었고, 귀한 인연을 보내 주었다. 엄마처럼 곁에서 챙겨 주는 언니가 있어서 견 딜 만했다.

치료가 끝나면 현정 언니에게 제대로 보답하겠다고 생각했다. 며칠째 현 정 언니가 연락을 받지 않았다. 곧 추석이었다. 명절 전에 인사를 전하고 싶었다. 휴대전화를 자주 쳐다보게 되었다. 현정 언니의 전화를 기다리고 있었다. 그때 전화벨이 울렸다. 기다리던 현정 언니였다. 이번 주말에 독 서 모임 회원들과 커피를 마시자고 했다. 주말이 기대되었다. 오랜만에 현 정 언니를 만난다고 생각하니 콧노래가 절로 나왔다. 독서 모임 회원들을 만났다. 다들 반가운 얼굴들이었다. "언니, 그동안 고마웠어요. 치료를 잘 마쳤어요."라고 마음을 전했다. 언니는 잘 이겨 냈다며 고생했다고 토닥 였다.

현정 언니의 안색이 좋지 않았다. "언니, 어디 아파요?"라고 물었다. 언 니는 아파서 한 달 내 누워 있었다고 말했다. 언니에게 병원에 가서 검진을 받아 보라고 권했다. 내심 걱정이 되기는 했지만 괜찮을 거로 생각했다. 추 석 연휴가 끝난 다음 날 현정 언니에게 전화가 왔다. "가슴에 멍울이 만져 져서 병원에 검사하러 다녀왔어. 결과가 좋지 않아."라고 했다. 언니에게 삼성서울병원을 소개했다. 현정 언니는 발견 당시에 유방암 4기였다. "신이 있다면 제 기도를 들어주세요. 현정 언니를 살려 주세요."라고 다시 신을 찾았다. 현정 언니에게 기적이 생기길 바라는 마음이었다.

치료가 본격적으로 시작된 후로 언니를 보기 쉽지 않았다. 카톡으로 안부를 묻는 게 전부였다. 항암 치료를 받았음에도 불구하고 혈액으로 전이가 되었다고 했다. 허무하게 현정 언니는 우리 곁을 떠났다. 신이 원망스러웠다. 왜 이렇게 빨리 우리 곁에서 현정 언니를 데려갔는지 묻고 싶었다. 하늘을 멍하니 바라보았다. 현정 언니가 보고 싶었다. 눈을 감고 현정 언니를 그려 보았다. 만약 언니가 살아 있었다면 뭐라고 했을까 생각했다. 매일 만나던 사람이 갑자기 사라졌다. 믿을 수 없는 일이었다. "언니, 내 말이 들리나요?" 매일 허공에 대고 언니를 불렀다. 그런 와중에도 시간은 흘렀다. 늦은 여름, 8월 말이 되었다. 언니의 기일이다. 언니를 마음속에 그렸다. 언니는 여전히 내 마음속에 살아 있었다. '현정 언니, 언니가 베풀어 준 사랑을 어려운 사람들에게 전하며 살아갈게요.'라고 다짐했다.

사람은 기다려 주지 않는다. 현정 언니와 마지막 인사를 나누어야 했다. 영정 사진 속에서도 언니는 환하게 웃고 있었다. 고맙다는 말도 아직 다 못 했다. 왜 이렇게 일찍 데려갔냐고 하늘을 원망하고 싶었다. '언니, 베풀어 준 사랑을 잊지 않을게요. 고마워요.' 언니와 마지막 인사를 나누었다. 언니에게 못다 한 말은 가슴에 남았다. 언니와의 이별을 통해 알았다. 하고 싶은 말은 미루는 게 아니었다. '고마워', '사랑해', '미안해'라는 말은 당장 해야 한다. 소중한 사람이 예고 없이 나를 떠나갈 수 있다. '고마워', '사랑해', '미안해'라는 말은 아끼지 말고 표현해야 한다. 당장 아이들에게 사랑한다고 말해야겠다. 학교 가려고 현관문을 나서는 은지와 은성이를 불러세웠다. "은지야, 은성아, 사랑해." 못 들었나 싶어서 크게 말했다. **"학교 잘 다녀와, 사랑해."** 은지, 은성이가 돌아보며 나를 향해 손을 흔들었다.

6.

아이들 곁에서
살고 싶어

건강한 건 당연한 일이라고 생각했다. 건강을 잃어 본 후에 알았다. 인생에서 당연한 건 아무것도 없었다. 그동안 당연하다고 생각했던 것은 더는 당연하지 않았다. 아프고 나니 성공하고 싶었던 욕심은 부질없는 환상에 지나지 않았다. 채우지 못한 욕망을 좇느라고 바쁘게 살아왔다. 욕망을 좇기보다는 가진 것에 감사하며 살았으면 더 행복하지 않았을까. 가족과 함께하는 단란한 일상이 얼마나 소중한지 이제야 알 거 같다. '오늘'을 놓치면 '내일'은 오지 않는다. 암세포가 내 건강한 세포까지 퍼질 수 있다고 생각하니 아찔했다. 암세포가 몸에 번지면 생명까지도 위험할 수 있었다. 삶과 죽음은 동전의 양면이다. 인간이기에 늙고 병드는 것은 당연했다. 태어났기에 죽을 수밖에 없는 건 인간의 숙명이다. 내 삶은 언젠가 끝날 수밖에 없

다. 내일 있을 일은 아무도 모른다. 오늘을 온 힘을 다해 살아 내야 한다.

    진료실 앞에서 대기하고 있었다. 유방 외과 진료를 받으러 왔다. 항암 치료가 결정되는 중요한 날이었다. 남편과 나란히 앉았다. 남편은 슬그머니 내게 손을 내밀었다. 남편의 손을 힘주어 꽉 잡았다. 남편은 나를 보며 미소 지었다. 걱정하지 말라는 눈짓이었다. 심장은 두근거리고 맥박이 빨라졌다. 호흡을 깊이 들이쉬고 내쉬었다. 결과가 어떻게 나올지 걱정이 되었다. 도망가고 싶었다. 도망간다고 달라지는 건 아무것도 없었다. 온코타입 검사로 항암 치료 여부를 결정하기로 하였다. 그동안의 검사 결과를 종합해 볼 때 종양 치수가 작고 세포분화도가 느렸다. 온코타입 검사 결과를 잘 받으면 항암 치료는 피할 수 있었다. 마음에 걸리는 건 나이가 어리다는 점이었다.

    항암 치료만큼은 피하고 싶었다. 항암 치료는 효과도 있지만 부작용도 상당했다. 얻는 것보다 잃을 게 많다면 고통을 견딜 이유는 없었다. 신중하게 결정해야 했다. 담당 교수는 온코타입 검사 시 20점을 절단점으로 정했다. 간호사가 나를 호명했다. 남편과 나란히 진료실 의자에 앉았다. 정적이 흘렀다. 교수는 결과지를 들여다보았다. "검사 결과가 나왔네요. 점수는 21점입니다."라고 했다. 애매한 점수가 나왔다. 혈액종양내과 교수를 연결해 줄 테니 어떻게 할지 상의해 보라고 했다. 수술하여 종양을 제거했지만 혈액에 남아 있는 암세포가 있으면 어쩌지 걱정되었다. 내 혈액에 암세포를 남기는 것보다 항암 치료가 낫다고 결심했다. 집에 돌아와서 바로 후회했지만 이미 엎질러진 물이었다.

내게 처방된 항암 주사는 4번이었다. 보통은 8번인데 그나마 다행이었다. 두 번째 항암 주사를 맞았다. 주사를 맞고 5일째 되는 아침이었다. 어지럽고 울렁거렸다. 기력이 없었다. 걸음걸이가 비틀거렸다. 못 먹으니 기운이 없는 건 당연했다. 입안에서 약 냄새와 구취가 올라왔다. 항암제가 온몸에 영향을 미치고 있었다. 집에서 내가 할 수 있는 일은 없었다. 두 아이의 식사만 챙기기로 했다. 항암제의 부작용으로 인해 버티는 게 버거웠다. 하루에도 여러 번 얼굴이 후끈거렸다. 상태가 좋지 않으니 할 수 있는 일이 별로 없었다. 평소에 아무렇지 않게 하던 일들은 어려운 과제가 되었다. 빨래를 건조기에서 꺼내 차곡차곡 접어야 한다. 빨래 개는 일이 이렇게 어려운 일이었을까. 잔뜩 쌓여 있는 빨래 앞에 앉으니 구역질이 났다. 빨래에서 나는 섬유 유연제 냄새가 역겨웠다. 며칠 후 불편했던 증상들이 나아졌다. 그런데 이제부터 더 조심해야 할 시기였다. 백혈구가 떨어져서 바이러스를 조심해야 했다. 산 넘어 산이었다.

항암제와 싸우고 있었다. 몸에서 열이 났다. 나를 대신해서 남편이 아이들을 챙겼다. 온종일 침대에 누워 있었다. 거실에서 놀고 있었던 은지는 슬그머니 내 옆을 비집고 들어왔다. 은지의 눈을 보니 졸린 상태였다. 아이들은 엄마가 아픈 걸 아는지 보채거나 힘들게 하지 않았다. 말하지 않았지만,

엄마의 눈치를 보고 있었다. 내 옆에 누워서 잠든 은지의 머리카락을 쓰다듬었다. 고슴도치도 내 새끼는 예쁘다는 말이 틀리지 않았다. 내 새끼 얼굴은 요리 보고 저리 봐도 예뻤다. 자는 얼굴은 보석처럼 빛이 났다. 내 인생의 가장 소중한 보석은 아이들이었다. 고통 속에서 소중한 걸 발견했다. 건강을 회복해서 다시 평범한 일상으로 되돌리고 싶었다. 잠든 은지 귀에 대고 속삭였다 **"은지야, 엄마는 건강해질 거야. 은지가 결혼하면 몸조리도 해 주고 아기도 돌봐 줄게."** 은지가 어른이 되면 아픔을 극복하면서 알게 된 삶의 지혜를 꼭 들려주고 싶다.

아이들과 있으면 행복했다. 아이들은 코로나로 인해 집에서 원격 수업을 했다. 대면 수업은 학교를 보내면 그만인데 비대면 수업은 신경 쓸 게 많았다. 엄마가 보조 선생님처럼 아이들을 챙겨야 했다. 수업 시간에 딴짓하는 건 아닌지 감시가 필요했다. 수업이 끝나면 숙제를 올렸는지 확인했다. 수업 중간에 간식을 챙겼다. 돌아서면 점심시간이었다. 코로나로 인해 아이들과 나는 발이 묶였다. 예전 같았으면 불평을 했을 일이었다. 오히려 다행이다.

"내가 없었다면 어쩔 뻔했어. 휴직이라 다행이야."

아이들을 챙기고 엄마 노릇을 할 수 있어서 감사했다. 직장을 다니며 돈을 버는 것보다 비교할 수 없을 정도로 가치 있는 일이었다. 아이들은 금방 자라서 어른이 될 것이다. 아이들 곁에서 함께하는 시간은 생각보다

짧을지도 모른다. 그렇게 생각하니 아이들을 내 손으로 챙길 수 있는 지금이 소중해졌다.

7.

어떻게든
이겨 내자

"너무 힘들어서 죽고 싶어."라고 중얼거렸다.

혼자 있을 때였다. 죽고 싶다는 말을 나도 모르게 내뱉었다. 생각한 적은 있지만, 말로 한 적은 없었다. 의지와 상관없이 죽고 싶다는 생각은 말이 되어 버렸다. 삶이 나를 궁지로 내몰았다고 생각했다. 고통에 몸부림쳤으며 세상을 원망했다. 치료가 지나고 나니 원망은 삶에 대한 애착이 되었다. 살고 싶다는 마음이 간절해졌다. 때때로 죽고 싶다는 생각은 나도 모르는 사이에 커져 가고 있었다. 주변에 아는 사람이 많았다. 아는 사람이 많다는 게 언제나 좋은 건 아니었다. 만남이 많다는 건 이별도 많다는 것이었다. 시절에 따라 좋은 인연도 있지만 상처를 남기고 떠나는 인연도 있었다.

몇 년 전 방영되었던 〈별에서 온 그대〉 여주인공의 명대사가 생각났다. 여주인공은 '내가 이번에 바닥을 치면서 기분 참 더러울 때가 많았는데 한

가지 좋은 점이 있어. 사람이 딱 걸러져. 인생에서 가끔 큰 시련이 오는 거 한 번씩 진짜와 가짜를 걸러 내라는 하느님이 주신 큰 기회가 아닌가 싶다.'라고 했다. 맞는 말이었다. 내게 온 시련은 주변 사람들을 진짜와 가짜로 걸러 냈다. 자주 연락하지 못하니 자연스럽게 끊긴 인연이 있었다. 반면에 힘든 나를 찾아와서 응원해 주는 인연도 있었다.

오랜만에 은영 선배에게 연락이 왔다. 잠깐 집 앞으로 갈 테니 만나자고 했다. 카페에서 오랜만에 선배를 만났다. 선배는 불쑥 책을 내밀었다. 루이스 L. 헤이의『치유』라는 책이었다. 아프다는 소식을 듣고 달려온 것이었다. 내 손을 꽉 잡더니 "응원하고 있어."라고 말했다. 잘 이겨 낼 거라고 믿는다며 날 보고 웃었다. 한참이 지난 후에도 은영 선배의 응원이 생각났다. 꼭! 이겨 낼 거라는 마음에 주먹을 불끈 쥐었다. 아프다는 소식을 듣고 달려와 준 선배가 고마웠다. 아프고 힘들 때 응원 한마디는 큰 힘이 되었다. 마음속에 깊이 새겨 잊지 않을 것이다.

응원 한마디는 흔들리는 정신력에 버팀목이 되었다. 말 한마디가 이렇게 큰 힘이 될 줄은 몰랐다. 고통을 마주하는 용기가 있어야 했다. 나에게 보내는 응원은 필수였다. '괜찮아. 할 수 있어.'라는 한마디는 결정적인 순간마다 고비를 넘게 했다. 사람의 목숨이라는 게 작은 바늘 하나에도 죽을 수 있었다. 죽을 거 같다가도 스치는 바람에 의미를 발견하기도 한다. 마음을 어떻게 먹느냐에 따라서 지옥이 되기도 하고 천국이 되기도 했다. 치료가 힘든 날이면 포기하고 싶었다. 고비를 넘기고 나면 삶의 새로운 의미가 찾아왔다. 난 아이들에게 하나밖에 없는 엄마였다. 아프기 전에는 아이들보다 일이 먼저였다. 아프지만 아이들과 함께할 시간이 생겨서 좋았다. 잠시지만 죽고 싶다는 생각을 했다니 안 될 일이었다. 고개를 내저었다. 아이들과 함께하는 소중한 하루를 최선을 다해 살아 낼 것이다. 아침에 일어나서 아이들의 식사를 챙기고 청소하고 빨래했다. 별다를 거 없는 하루지만, 아이들과 함께라고 생각하니 힘이 났다. 인생 별거 없다. 내게 가장 소중한 것을 지키면서 살아가면 그만이다.

기시미 이치로의 『내가 책을 읽는 이유』를 읽고 있었다. 책을 열어서 프롤로그를 눈으로 읽어 내려갔다. '산다는 것도 원래 즐거운 법 아닌가. 뭔가를 위해 사는 것이 아니라 사는 것 자체가 인간에게는 행복이다.' 이 문장을 읽고 다시 읽었다. 정신적으로 충격이었다. 삶은 고통이라고 생각하며 살아왔다. 저자는 사는 거 자체가 행복이라고 말했다. 한 대를 얻어맞은 듯 정신이 얼떨떨했다. '맞다! 사는 거 자체가 행복일지도 모른다.' 조금 더 가볍게 살기로 했다. 더 많이 웃고 기꺼이 즐기려는 마음으로 살기로 했다. 아침에 일어나면 음악을 틀었다. 어떤 하루가 될지 기대하고 있었다. 몸을 흔들었다. 은지가 눈을 동그랗게 떴다. "엄마 지금 뭐 하는 거야?"라며 신기하다는 듯 쳐다봤다. 도저히 못 보겠다며 시범을 자처했다. 은지는 내가 따라 할 수 없는 춤사위를 선보였다. 잘하고 못하는 건 상관없다. 리듬에 맞춰서 몸을 흔들었다. 율동이 아니라 몸부림에 가까웠다. 이번에는 은성이도 합세했다. 아이들은 나의 몸부림에 가까운 춤을 보고 배꼽 잡고 웃었다. 아이들과 함께 시원하게 한바탕 웃으며 즐거운 하루가 시작되었다.

아침을 신나게 시작하니 하루가 즐거웠다. 김주환 저자의 『회복탄력성』에는 '긍정성 향상의 문제는 여유나 사치의 문제가 아니다. 많은 사람에게 죽느냐 사느냐의 절박한 문제다.'라고 했다. 나에게 웃음과 긍정적인 생각이 절박하게 필요했던 시기였다. 안 그러면 우울감이 나를 삼켜 버릴지도 모르는 일이었다. 살아야 할 이유는 명확했다. 아이들을 위해서라도 이겨낼 거라고 다짐했다. 『회복탄력성』은 우울증에 도움이 되는 실마리를 제시해 주었다. 즐거운 일을 늘리는 것이 답이었다. 책에선 긍정적 정서를 갖기 위해 실천할 수 있는 몇 가지를 소개했다. 그중 세 가지를 실천하기로 했다. 첫 번째는 운동이다. 매일 한 시간씩 걷기로 했다. 두 번째는 억지라도 웃기였다. 억지웃음에도 뇌는 즐겁다고 인식한다. 웃을 일이 없어도 그냥 웃기로 했다. 신나는 음악을 틀고 몸을 흔들며 아침을 맞이할 것이다. 세 번째는 나를 다독이는 시간을 갖기로 했다. 때때로 나를 몰아세우는 버릇이 있다. 자신을 아끼고 사랑하지 않으면 아무도 나를 사랑해 주지 않았다. '긍정성 향상'은 더 미룰 수 있는 일이 아니었다. 우울증을 극복하기 위한 치열한 싸움이었다. 어떻게든 살아 내야 했다.

8.

남편!
내 곁에 있어 줘

　남편은 내 편이 되어 주었다. 굴곡진 인생길을 함께 걷는 사람이 있다는 건 행운이었다. 결혼한 지 13년이 되었다. 여전히 남편과 손, 발맞추어 살고 있다. 남편은 육아에 협력적이었다. 아이 둘을 낳아 키우는 과정은 전쟁이었다. 아이를 낳기 전으로 돌아간다면 과연 아이를 낳을 수 있을지 확신이 서지 않는다. 육아는 길고 어려웠다. 아기가 독립적으로 생활할 수 있기까지 여러 단계를 거쳐야 했다. 아기는 기본적인 생존을 위해 보호자에게 완전히 의존해야 한다. 아이들은 신생아기에는 걷기, 말하기를 배웠다. 유아기에는 혼자 먹기를 배웠다. 학령전기에 또래와 상호작용하며 사회적 기술을 배웠다. 이제야 초등학생이 되었다. 초등학생이 되니 보호자가 없어도 독립적인 생활이 가능했다. 이제는 친구 관계와 학업에 신경 쓰면 된다. 아이들이 혼자 먹고, 걷고, 말하기까지 부모의 역할은 절대적으로 중요하다. 부모가 된다는 건 막대한 책임이 따르는 일이었다. 육아가 이렇게 어려운 걸 미리 알았더라면 엄마가 될 용기를 낼 수 없었을 것이다. 초등학생 고학년이 된 아이들과는 제법 대화가 되었다. 가끔은 친구처럼 느껴지기도 했다. 여전히 아이들을 키우는 데 많은 어려움이 있지만 의사소통이 가능하니 부담은 한결 줄었다. 놀고 있는 아이들을 바라보고 있으면 뿌듯했다. 아이들이 초등학생이 되기까지 부부의 협력은 잘 이어져 왔다. 남편과 협력했기에 긴 육아 시간을 견딜 수 있었다.

수술 전날이었다. 혼자 입원 절차를 밟았다. 남편은 퇴근해야 병원에 올 수 있었다. 혼자 병실에 있자니 지루했다. 병실의 시계를 자꾸 쳐다보게 되었다. 남편이 병원에 오기까지 아직 4시간이 남았다. 남편에게 자주 전화가 왔다. 혼자 입원해 있을 나를 걱정했다. 입원을 잘 했는지. 불편한 점은 없는지 물었다. 걱정하는 남편의 마음을 알 거 같았다. 나 역시도 두려운 건 마찬가지였다. 괜한 걱정들이 나를 덮쳤다. 입원하기 전에는 수술을 가볍게 생각했다. 침대에 누워 있으니 걱정이 떠올랐다. 전신마취에서 잘 깨어날 수 있을지. 전이되었으면 어쩌지. 수술이 범위가 커지면 어쩌지. 걱정은 한두 가지가 아니었다. 전화 온 남편에게 애써 담담한 척했다. 아무도 없으니 혼자 수선을 피워야 소용없었다. 수술 준비를 해야 했다. 수술 전 준비는 차례대로 진행되었다. 준비는 다 되었다. 이제 내가 할 수 있는 것은 없었다. 운명에 내맡길 뿐이었다. 병실 문 쪽으로 시선을 두었다. 남편이 오길 기다리며 잠이 들었다.

휠체어에 앉아서 순서를 기다렸다. 옆에 남편이 있어서 다행이다. 남편이 곁에 있어 주니 마음이 편안했다. 남편은 한마디 말도 하지 않았다. 수술실 앞에서 간호사는 남편에게 밖에서 기다려 달라고 안내했다. 남편과 잡고 있던 손을 놓았다. "나 수술 잘하고 올게."라고 신랑에게 태연히 손을 흔들었다. 간호사 손에 이끌려 수술 대기실로 들어갔다. 닫히는 문 사이로 남편 얼굴이 사라졌다. 수술 대기실에 혼자였다. 휠체어에 앉아서 환자복만을 걸치고 있으니 수술실 온도가 차갑게 느껴졌다. 빨리 시간이 흘러서 수술이 끝났으면 좋겠다. 예정된 수술 시간이 지났지만 여전히 대기실에 있었다. 앞에 있던 수술이 늦어지는 바람에 대기실에서만 한 시간 이상 기다렸다. 꼼짝 못 하고 휠체어에 앉아서 시간을 보내야 했다. 수술실 간호사는 바쁘게 오갔다. 간호사는 앞 수술이 늦어졌다며 미안하다고 했다. 곧 수술실에 들어갈 테니 조금만 더 기다려 달라는 말이다. 어쩌지 못하는 상황이었다. 수술실 밖에 남편이 기다리고 있다고 생각하니 견딜 수 있었다.

퇴근해서 집에 오면 집안일이 쌓여 있었다. 아이들을 돌보고 집안일까지 해야 하니 몸이 둘이어도 부족했다. 도와주는 남편이 있으니 걱정 없었다. 둘이 치우면 금방 할 수 있다. 문제 될 건 없었다. 오늘 저녁은 남편이 준비하기로 했다. 평소 자신을 '요남자'라 칭했다. '요남자(요리 하는 멋진 남자)'는 자신이 만들어 부르는 별칭이었다. 결혼해서 남편이 처음 밥을 해 줄 때 알았다. 손맛 있는 남자였다. 요리 잘하는 남자와 요리 못하는 여자가 만났다. 남편 덕분에 자주 주방에서 해방되는 혜택을 얻었다. 주방에서 해방되는 날이 가장 좋았다. 빨래, 설거지, 청소는 나의 특기였다. 하지만 요리는 언제나 숙제 같은 느낌이 들었다. 음식을 할 때마다 뭘 차려야 할지 메뉴가 고민되었다. 가만히 보니 남편은 특별한 고민을 하지 않았다. 특별한 재료 없이도 냉장고를 열어 있는 재료로 뚝딱뚝딱하면 근사한 요리가 완성되었다. 냉장고에 있는 재료로 요리를 만들어 내는 것도 놀라운데 심지어 맛도 그럴듯했다. 은근 자존심이 상했다. 나는 요리를 하나 만들려면 유튜브를 보고 여러 번 시도 끝에 어렵게 해야 했다. 남편은 혼자 생각하더니 뚝딱 요리를 만들어 냈다. 우리의 요리 실력에는 상당한 차이가 있었다. 언제나 남편의 요리는 맛있었다. 특히 고기 굽는 기술은 남달랐다. 감각적으로 손맛 있는 남자였다. 남편의 타고난 요리 솜씨를 따라갈 수 없어서 이젠 포기하고 산다. 굳이 못하는 걸 하느라 애쓰는 것보다는 잘하는 사람에게 맡기는 것이 효율적이다.

"너무 맛있어. 남편이 최고야."라고 하니 우쭐했다. 남편은 더운데 고기 굽느라 땀 범벅이 되었다. 맛있다고 말하자 남편의 입이 귀에 걸렸다. 누가 하느냐가 뭐가 중요한가. 잘하는 사람이 하면 된다. 나는 열심히 먹고 잘한다고 칭찬했다. 아이들은 아빠가 해 준 고기 맛에 흠뻑 빠졌다. 저녁내 아이들의 웃음소리가 끊이질 않았다. 13년의 결혼 생활 동안 여러 가지 풍파를 함께 지나왔다. 힘든 일을 겪어 오면서 부부의 믿음이 두터워졌다. 힘든 일이 많았던 만큼 관계는 견고하다. 앞으로 살면서 어떤 일을 겪게 될지 모른다. 무슨 일이 있어도 남편의 손을 놓지 않고 살아갈 것이다. 비록 내가 걷는 길이 진흙탕일지라도 남편만 내 곁에 있어 준다면 다시 일어설 수 있다.

3장

내가 뭘 그렇게
잘못한 건데

'왜 나만 아파야 해.'

세상을 원망했다. 나의 상처와 아픔을 모르는 척 세상은 태연히 돌아가고 있었다. 달리는 인생 열차에서 하차했다. 두 발로 걸으며 인생의 새로운 의미를 찾아야 했다. 유방암 치료로 체력이 급격하게 저하되었다. 속도를 늦춰서 살아갈 수밖에 없었다. 불평했지만 느린 일상 속의 소소한 행복을 발견했다.

1.

원망은
끝나지 않았어

　일하기 좋은 시기였다. 워킹맘의 바쁜 일상을 잘 버텨 냈다. 2년 전 건강 검진으로 알게 된 유방의 다발성 종양은 별거 아니라고 생각했다. 병원에서는 다발성 종양에 대해 정기적인 추적 검사를 처방했다. 한국인에게 흔한 양성종양이라며 괜찮다고 생각했다. 젊었고 건강에는 자신 있었다. 유방암에 걸릴 거라고는 생각하지 못했다. 지나고 보니 건강에 자신하는 건 어리석은 짓이었다. 바쁘다는 이유로 6개월에 한 번 하는 검진을 미루는 일이 다반사였다. 검진을 예약해 두고 빠지는 날도 있었다. 바빠도 건강검진은 챙겨야 했다. 유방에 단단한 종양이 만져졌다. 예감이 좋지 않았다. 병원에 가길 잘했다. 그나마 빨리 발견할 수 있어서 다행이다. 유방 자가 검진법을 대학교 시절에 배운 적이 있었다. 자가 검진을 알고 있었지만 한 번도 해 본 적은 없었다. 아는 지식을 실제로 활용하지 않으면 소용없는 일이었다.

내 나이는 서른아홉 살이었다. 친구들은 한창 잘나갔다. 이제는 사회 초년생의 초보 티를 벗어 냈다. 일이 숙련되어 물오를 시기였다. 친구들을 보면 바쁘고 혈기가 넘쳤다. 본격적으로 일을 해 보고 싶은 의욕이 생기는 시기였다. 업무적으로 중요한 때였다. 유방암으로 어쩔 수 없이 휴직해야 했다. 어쩔 수 없이 꺾여 버린 기세가 아쉬웠다. 흐름이 꺾인 나의 인생을 되돌리긴 어려워 보였다. 가슴이 답답해서 자다가도 벌떡 일어났다. '남들은 잘 사는데 나만 왜….'라는 억울한 마음이 떠나질 않는다. 아프기 전으로 돌아가서 다시 살고 싶었다. 예전으로 돌아간다면 건강을 먼저 챙길 것이다. 일보다는 가정에 충실할 것이다. 늦지 않았다. 이제라도 다시 살면 된다고 마음을 추슬렀다.

아침이 되었다. 명상 음악을 들으며 하루가 시작되었다. 자는 아이들을 깨워서 학교를 보내야 했다. 아침을 챙겨 먹였다. 아이들은 각자의 시간에 맞춰 집을 나섰다. "잘 다녀와."라며 나가는 아이들에게 손을 흔들었다. 집에 혼자 남았다. 내게 자유시간이 생겼다. 혼자 있으니 자주 아침을 거르게 되었다. 점심은 빵과 우유로 간단히 먹었다. 잠깐 누웠다고 생각했다. 벌써 아이들이 학교에서 돌아올 시간이 되었다. 은지를 데리러 학교 앞에 가야 했다. 얼른 옷을 챙겨 입었다. 발걸음이 빨라졌다. 아는 사람을 만날지도 모를 일이었다. 모자를 더 깊숙이 눌러썼다. 마침 옆 동에 사는 언니가 지나갔다. 고개를 돌렸다. 다행히 나를 알아보지 못했다.

'남들은 잘사는데, 나만 왜…'라는 생각에서 벗어나기 힘들었다.

은주를 만나기로 했다. 은주는 유방암을 나보다 먼저 겪은 친구였다. 은주를 처음 알게 된 건 3년 전이었다. 짧은 커트 머리에 하얀 피부가 매력 있다. 은주와 꽤 친한 사이가 된 후에 알았다. 은주는 그때 항암 치료를 마치고 얼마 되지 않은 시기였다. 치료로 빠진 머리카락을 기르고 있었다. 생각해 보니 은주는 짧은 머리로 당당하게 동네를 누비고 다녔다. 나는 모자를 눌러쓴 짧은 머리를 들키지 않으려고 애를 썼다. 은주에게 물었다. "항암 치료로 머리가 짧았는데 왜 가발을 안 썼어?"라고 물었다. 은주는 가발과 모자가 답답해서 애초에 포기했다고 말했다. 치료도 지나간 추억이라며 사진을 보여 주었다. 민머리에서 까까머리로. 단발머리에서 긴 머리로. 은주의 변천사가 사진 속에 그대로 남아 있었다. 사진 속 짧은 커트 머리의 은주는 자신 있게 웃고 있었다. 그날부터 은주는 내게 유방암을 먼저 겪어 낸 '선배님'이 되었다. 아픈 와중에도 당당하고 환하게 웃을 수 있었다니 멋졌다. 은주를 닮고 싶었다. 은주에게 장난스러운 표정으로 "은주 선배님!"이라고 불렀더니 깔깔거리며 웃었다. 은주와 집 앞에 새로 생긴 중식당에서 점심을 먹기로 했다. 오랜만에 새로운 맛집에 가니 신이 났다. 점심을 먹으며 은주가 유방암 극복한 과정을 듣게 되었다. 은주는 발견 당시 유방암 2기였다. 나보다 심각한 상태였다. 항암 치료 횟수도 여덟 번이었다. 이제 5년이 지났다며 환하게 웃었다. "은주야, 그동안 참 고생 많았어. 축하해."라고 말했다. 5년 동안 치료를 잘 견디고 완치 판정을 받은 은주를 칭찬했다.

은주의 환한 웃음 뒤에는 남모를 고통이 있었다. 은주는 잘도 견뎌 냈다. 은주가 내게 잔소리를 했다. 선배의 말이니 들어 보기로 했다. 은주의 목소리는 선배답게 위엄이 있었다. "민선아, 잘 먹어야 해. 그리고 운동은 필수야."라고 말했다. 은주는 본인 친구들에 비교해 자신이 건강하다고 말했다. 젊어서 아팠기에 남들보다 건강에 신경 썼더니 이제 효과를 본다며 좋아했다. 은주의 긍정적인 해석이었다. 듣고 보니 맞는 말이었다. 은주는 항상 긍정적으로 생각했다. 은주에게 배울 점이 많았다. 어차피 벌어진 일은 어쩔 도리가 없다. 벌어진 상황을 받아들이고 긍정적인 점을 기가 막히게 찾아냈다. 나는 젊어서 유방암에 걸려서 억울하다고 생각했다. 은주는 젊었을 때 유방암에 걸렸기에 이겨 낼 수 있었다고 생각했다. 어떤 상황에서도 긍정적인 요소는 언제나 있기 마련이다. 긍정적인 요소를 찾는 데는 공을 더 들여야겠다. 일어난 사건으로 내 삶이 결정되는 것이 아니다. 어떻게 해석하느냐에 따라 삶이 결정된다. 긍정적으로 해석하면 긍정적인 인생이 된다. 어떤 해석을 할 것인가는 나에게 달려 있다.

상황에 따른 해석은 자신의 선택이다. 빅터 프랭클 저자의 『죽음의 수용소에서』에는 산다는 것은 곧 시련을 감내하는 것이며 살아남기 위해서는 그 시련 속에서 어떤 의미를 찾아야 한다고 말했다. 남들보다 일찍 유방암에 걸려서 남들보다 어렵게 치료를 받았다. 다르게 생각해 보면 젊은 나이라 유방암과 싸울 수 있는 체력이 있었다. 해석을 다르게 하니 남들보다 일찍 유방암에 걸려서 억울하다는 마음이 눈 녹듯이 녹았다. 언제나 어떤 사건인지보다는 어떻게 해석할지가 중요하다. **이미 엎질러진 일이라면 어떤 의미를 담을 것인가, 어떤 해석을 할 것인가를 고민하는 게 현명하다.**

2.

아픔에도
의미가 필요해

다행인지도 모른다. 유방암 1기였다. 초기에 발견한 건 행운이다. 더 늦게 발견했으면 어땠을까 생각하니 아찔했다. '괜찮아. 치료받으면 돼.'라고 자신을 위로했다. 작은 암 덩어리와의 싸움이 이토록 치열할 줄은 몰랐다. 치료가 시작되면서 기분이 들쑥날쑥해졌다. 어떤 날에는 울었다가 정신을 차렸고 다음 날에는 다시 무너졌다. 잘 자는 날도 있었지만, 밤을 새우는 날도 있었다. 기분은 오르락내리락했다. 기분에 따라 일상이 흔들리고 있었다. 남들은 잘사는 거처럼 보였다. 치료로 인해 일상이 멈춰 버린 가혹한 현실을 혼자 견뎌야 했다. 바쁘게 돌아가는 세상에서 혼자만 우두커니 서 있는 기분이었다. 들끓는 속도 모른 채 세상은 아무 일도 없다는 듯 태연했다.

항암 주사를 처음 맞으러 가는 날이었다. 혈액 종양학과 대기실에는 사람들이 붐볐다. 아픈 사람이 이렇게 많다니 놀라웠다. 병원에 들어가기 직전까지 '왜 나야, 왜 나만 아파야 해.'라고 생각하고 있었다. 대기하는 많은 환자를 보고 원망하는 마음을 그만두기로 했다. 아픈 사람이 이렇게 많다니 입이 벌어졌다. 아픈 것도 억울한데 자신을 더 괴롭힐 필요는 없었다. 마음을 추슬러야 했다. 아프다고 징징거린다고 달라질 일이 아니다. 내가 힘들어하면 간호하는 남편은 힘이 빠질 수밖에 없다. 아무것도 모르는 철 없는 아이들을 어쩌란 말인가. 아이들이 불쌍하다는 생각이 들자 정신이 들었다. 이제 아픈 상황을 받아들이기로 했다.

이번 휴직은 인생에서 첫 휴가였다. 호흡을 가다듬었다. 숨을 깊게 들이마시고 내쉬었다. 시간을 허비하고 싶지 않았다. 치료와 휴식, 두 마리 토끼를 다 잡기로 했다. 간호사의 안내에 따라 침대에 누웠다. 항암 주사를 맞기 시작했다. 혈관이 후끈거리더니 온몸이 저렸다. 항암 주사를 맞은 지 5일이 지났다. 여전히 기운이 없었다. 입안이 텁텁하고 맛을 느낄 수 없었다. 시간은 흘렀고 주사 맞은 지 열흘째가 되었다. 부작용은 조금씩 나아지고 있었다.

이번 주말에는 아이들과 함께 캠핑을 가기로 했다. 아직 야외 활동은 무리인 듯 보였다. 집에 있다 해도 힘든 건 마찬가지였다. 캠핑을 계획대로 추진하기로 했다. 5월이면 산과 나무가 초록빛일 때다. 산과 나무의 초록빛이 보고 싶었다. 캠핑을 준비하려면 부지런히 움직여야 했다. 몸이 내 마음대로 되지 않았다. 무릎이 시큰거렸고 허리가 뻐근했다. 평소에는 금방

했던 일들이 어려워졌다. 느린 동작으로 물건을 찾아 상자에 담았다. 이 속도라면 밤새 짐을 싸도 캠핑 가는 건 불가능했다. 속도를 내야 했다. 한참 짐을 챙겼지만, 캠핑 준비는 끝이 보이질 않았다. 가서 먹을 음식 재료와 아이들 옷을 더 챙겨야 했다. 도저히 움직일 기력이 남아 있지 않았다. 몸이 내 마음대로 되질 않으니 생각이 복잡했다. 그래도 이대로 포기할 수는 없었다. 다시 짐을 챙겼다. 거실이 캠핑 짐으로 가득 채워졌다. 거실은 이제 발 디딜 틈이 없었다. 1박 2일 일정인데 이렇게 짐이 많다니 놀라웠다. 나중에 알고 보니 캠핑 초보일수록 짐이 많았다. 어떤 물건이 이번 캠핑에 필요할지 몰라서 모든 짐을 챙기는 것이었다.

"캠핑 가기 전에 지쳐서 쓰러지겠어."라고 남편에게 볼멘소리 하고 말았다. 더는 못 하겠다며 뒤로 비켜섰다. 남은 준비는 남편의 몫이 되었다. 퇴근해서 옷도 갈아입지 못한 채 짐을 나르고 있었다. 남편이 속도를 내기 시작했다. 나는 소파에 쓰러져 있었다. 남편이 움직이는 소리가 들렸다. 남편의 몸놀림은 가벼웠다. 남편이 본격적으로 짐을 챙기기 시작한 지 한 시간 남짓 지났다. "우리 내일 캠핑 갈 수 있겠어."라고 남편이 외쳤다. 드디어 길었던 캠핑 준비가 끝이 났다.

'휴직을 제대로 즐겨보는 거야.'라고 다짐했다. 치료 별거 아닐지도 모른다. 겁먹을 필요는 없다. 휴직을 이대로 보낼 수는 없었다. 마음먹고 휴직을 제대로 즐겨 보기로 했다. 제약이 많았다. 코로나바이러스가 전국을

휩쓸었다. 아이들은 학교에 가지 못했다. 나는 항암 주사를 맞고 면역이 떨어진 상태였다. 코로나바이러스는 우리에게 공포 자체였다. 두 아이와 함께 집에 발이 묶였다. 셋이 종일 집에 있어야 한다니 끔찍한 일이었다. 혈기왕성한 아이들이 집에 있기란 쉬운 일이 아니었다. 아이들과 종일 붙어 있으니 스트레스 지수가 올라갔다. 나에게 다양한 역할이 생겼다. 학교에서 해 주던 역할을 신경 써야 했다. 선생님, 급식 아줌마, 친구 역할까지 소화해야 한다. '코로나여! 제발 지구를 떠나라.' 외치고 싶었다. 도무지 끝이 보이지 않았다. 캠핑만이 유일한 탈출구가 되었다. 캠핑은 다른 사람들과의 접촉 없이도 즐길 수 있다. 캠핑이 우리를 집에서 탈출시켰다.

도착한 곳은 청양의 칠갑산캠핑장이었다. 5월이라 햇살은 뜨거웠지만 바람은 시원했다. 텐트 안에 누웠다. 텐트의 창문으로 푸릇한 산이 보였다. 남편과 아이들의 말소리가 점점 멀어졌다. 눈을 뜨니 달빛이 텐트 안을 비추고 있었다. 텐트 밖은 왁자지껄했다. 남편은 화로에 마시멜로를 굽고 꼬치도 구웠다. 아이들은 쫀드기까지 굽고 있었다. 아이들은 불을 피워야 캠핑이 제맛이라며 제대로 즐기고 있었다. 남편이 나를 깨웠다. 함께 캠핑을 즐기자고 했다. 일어나서 나가니 닭꼬치를 내게 건넸다.

"음~ 예술이다."

꼬치에 불맛을 입히니 색다른 맛이 났다. 화로 앞에 앉았다. 장작이 '타다닥' 소리를 내며 타고 있었다. 밤이 깊어졌다. 제법 쌀쌀했다. 추위를 견디지 못하고 텐트 안에 들어왔다. 이불을 덮고 무릎을 맞대고 앉았다. 은지는 전기 놀이를 하자며 손을 잡았다. 넷이 이불 속에서 가만히 신호를 기다리고 있었다. 눈만 깜박거리고 있는 모습을 보니 웃음이 터졌다. 아이들의 웃음소리가 텐트 밖을 넘어 산으로 울려 퍼졌다.

　주말을 기다리고 있었다. 선영이와 함께 캠핑을 가기로 했다. 캠핑을 나가면 선영이와 할 말이 많았다. 이번에는 태안이었다. 새로운 곳을 가면 그곳의 분위기를 즐기는 재미가 쏠쏠했다. 선영이 부부는 술을 좋아했다. 캠핑을 나가면 둘러앉아서 술을 함께 마셨다. 선영이는 나의 오래된 친구였다. 캠핑을 함께 다니며 남편들과 아이들까지도 친분이 쌓였다. 취기가 오른 탓일까. 남편들의 수다는 끝이 없었다. 나의 남편은 아내가 아파서 얼마나 힘들었는지. 그동안 얼마나 마음을 졸였는지 속마음을 털어 냈다. 모두 이젠 알겠다며 그만하라고 말렸다. 남편은 레퍼토리를 반복하고 있었다. 남편에게 이미 했던 얘기라고 말해 주었지만 소용없었다.
　캠핑으로 선영이네와 허물없는 관계가 되었다. 좋은 사람들과 함께하니 캠핑의 재미는 두 배가 되었다. 캠핑을 어디로 가는지 중요하지 않았다. 강으로 가면 강에서 놀고 바다로 가면 바다를 즐기면 된다. 아침에 일어나서 남편과 함께 주변을 걸었다. 남편이 내 손을 슬쩍 잡았다. 남편 눈을 쳐다보니 아직 숙취가 있어 보였다. 남편은 나를 보며 힘든 치료를 잘 견뎌 줘서 고맙다고 말했다. 나는 "아직 술에 취했구나."라고 말했지만 남편의 마

음을 알 거 같았다. 자연은 상처받은 우리의 마음을 품어 주었다. 바람이 불어와서 얼굴을 간지럽혔다. 더는 아픔 없이 바람처럼 자유롭게 살 수 있었으면 좋겠다.

우울한 눈물은
맛이 없어

우울한 감정이 반복되었다. 1년의 길었던 치료 과정을 지나왔다. 치료를 받는 사이 나도 모르게 부정적인 사람이 되어 버렸다. 힘든 시기는 지나갔지만, 표정은 여전히 어두웠다. 얼굴색은 거무튀튀했고 눈 밑에는 다크서클이 생겼다. 열 살은 더 늙어 보였다. 거울 속에 비친 얼굴은 영락없는 우울한 아줌마였다. 힘든 시기를 지났는데 여전히 우울한 게 이해되지 않았다. 항암 치료와 방사선 치료를 잘 넘겼다. 고비는 지나갔다. 이젠 마음을 놓아도 될 때다.

잠자기 전 하루 동안의 감정을 가만히 들여다보았다. 가만히 생각해 보니 다양한 감정이 오갔다. 여러 가지 감정 중 우울한 감정이 유독 오래 남았다. 폴 에크먼은 인간의 기본 감정을 행복, 슬픔, 두려움, 분노, 혐오, 놀라움 6가지로 설명했다. 기본 감정은 문화와 상관없이 공통적으로 느낀다.

하루에도 우울하고, 슬프고, 화나고, 놀라는 등 다양한 감정이 존재하는 것은 당연했다. 나의 감정을 '우울'로 퉁치고 있는 것은 아닐까. 자기 전에 우울한 하루라고 정리하면, '우울한 하루'가 되고 말았다.

'우울한 하루'가 쌓이니 '우울한 인생'이 되어 가고 있었다. 아프기 전에는 우울하거나 눈물이 많은 사람이 아니었다. 일을 열심히 하며 당당하게 살고 싶었다. 암 진단 후 겁쟁이가 되었다. 시도 때도 없이 눈물이 났다. 1년이라는 시간 동안 다른 사람이 되었다. 이대로는 안 된다. 불평하는 삶이 계속 이어지고 있었다. 이렇게 1년이 지나고 나이 먹을 생각을 하니 앞이 캄캄했다. 힘든 상황에도 힘을 내서 열심히 사는 사람은 얼마든지 있다. 일상 속에서 눈을 크게 뜨고 정신을 바짝 차려야 한다. 작은 행복을 찾아보기로 했다.

훌쩍거리고 있었다. 드라마와 영화를 보다가도 불쑥 눈물이 났다. 어처구니가 없는 건 슬픈 장면이 아닐 때도 있었다. 어제 친구 미주를 만났다. 중학교 때 친구였던 경진이가 유방암에 걸린 소식을 전했다. 수술이 잘되어 회복하고 있었다. "수술이 잘되었다니 다행이야."라며 훌쩍거렸다. 미주는 경진이는 괜찮다는데 너는 왜 우는 거냐고 물었다. "얼마나 힘들었을까 걱정돼서…."라고 대답했다. 머쓱해져서 머리를 긁적였다. 미주에게 "나 요즘 갱년기라서 그런가 봐."라며 너스레를 떨었다. 눈물샘의 수도꼭지가 고장 난 건가. 틀어놓은 수도꼭지처럼 눈물이 새어 나왔다. 경진이 유방암 수술 소식을 듣고 동병상련의 마음이 들었다. 비슷한 상황에 있는 사람을 보면 연민이 느껴졌다. 경진이가 힘든 수술을 잘 견뎌 냈다니 마음을 놓을 수 있었다. 눈물에는 다양한 의미가 담겨 있었다.

우울이라고 '퉁!'치기에는 감정이 복잡했다. 눈물 나는 것이 습관이 된 건 아닐까. 뇌의 자동시스템 고장으로 눈물샘이 열려 있는지도 모르겠다. 박용철 저자의 『감정은 습관이다』는 감정 습관의 덫에 빠지면 점점 자극의 미세한 차이를 구분하지 못하고 다른 감정을 느껴야 할 상황에서도 그저 익숙한 감정을 잘못 해석할 수 있다고 말했다.

뇌는 이로운 것을 선택하는 것이 아니라. 그저 평소에 유지했던 익숙한 상태를 지키려고 한다. 뇌의 작용을 이해한다면 평소의 표정과 감정 관리를 해 두어야 한다. 무언가 크게 좋은 일이 있어야 즐거운 건 아니다. 인생을 살면서 크게 좋은 일은 그다지 많지 않다. 그렇다면 웃을 일이 많지 않다. 일상에서 작지만 소중한 즐거움을 찾는 게 현명하다. 집에서 쉬면서 애들과 함께하는 시간이 많아졌다. 직장에 다닐 때는 아이들이 밥은 먹었는지 혼자 있는 건 아닌지 걱정했다. 아이들의 식사를 내 손으로 챙길 수 있으니 감사한 일이었다. 아이들과 소소한 하루를 보내며 함께하는 시간이 충분했다. 아이들과 함께하는 지금이 가장 행복한 시간은 아닐까. 아픈 시간이 아닌 '아이들과 함께하는 소중한 시간'이라고 의미를 붙여 보았다. 어떤 시각으로 바라보고 어떤 의미를 붙일지 신중하게 생각해야 한다.

최근 우리 집은 축제 분위기였다. 야구 경기 때문이었다. 한밭야구장 근처에 사는 영향으로 아이들은 어릴 때부터 야구를 접했다. '직관'하면 응원가를 부르고 율동을 하며 즐겼다. '집관'하면 야구 중계를 보며 즐거워했다. 은지는 야구 경기 시작 전부터 분주했다. 응원복으로 갈아입고 응원용 봉을 손에 잡았다. 은지는 수많은 응원가와 율동을 완벽히 습득하고 있었다. 평소에 유튜브를 보며 연습을 한 덕분이었다. 우리팀이 이기면 좋지만 지는 경기도 즐길 줄 알았다. 한화 야구경기가 있는 날이면 의례 축제 분위기가 되었다. 경기에서 이기면 신났고 경기를 져도 잘한 점을 용케도 찾아냈다. 한화 팀이 이기고 있던 경기를 역전 당했다. 9회 초에 3점 홈런을 얻어맞았다. 다 이겨놓은 경기인데 아쉬웠다. 차마 더 보기가 속상해서 채널을 돌리려는 순간이었다. 은지가 크게 소리쳤다. "경기가 끝난 게 아니야. 끝날 때까지 포기하지 마." 한화 야구단의 열혈팬이었다. 한화는 경기에서 졌다. 은지는 마지막까지 한화 야구단을 믿고 응원했다. "오늘 잘 싸웠어. 내일 이기면 돼."라고 말했다. 은지에게 승패는 중요하지 않았다. 그런 은지에게 나쁜 날은 없었다.

아이들에게 배울 점이 많다. 아이들은 실패와 아픔을 금방 잊는다. 넘어져도 금방 다시 일어난다. 아픔을 금세 홀홀 털고 일어나는 것은 아이들의 특권이다. 한화 팀은 다 이긴 경기를 아깝게 놓쳤다. 은지의 희망적인 메시지 덕분에 다음 경기를 기대할 수 있었다. 은지는 모든 일에서 긍정적인 면을 먼저 본다. 어떻게 하면 지금을 즐길 수 있는지 본능적으로 아는 듯했다.

삶을 긍정적으로 바라보는 시각을 아이에게 배우고 싶다. 아이들처럼 나이들어 갈 수 있다면 좋겠다.

4.

친구의 위로를
가슴에 안고

마음이 복잡할 땐 입을 닫았다. 마음이 정리되면 참았던 말이 폭탄처럼 쏟아졌다. 꾹꾹 눌러서 담아 두었던 말을 한꺼번에 내뱉었다. 글과 말은 마음을 표현하는 유일한 수단이다. 마음을 표현하는 중요한 이유는 타인에게 공감받기 위해서다. 세상을 살아가면서 감정을 나누고 공감받는 일은 관계의 기초가 된다. 신체에 산소 공급이 필수이듯 대인관계에서 상호간의 공감은 기본이다. 나는 글을 읽고 쓰며 혼자 있는 시간을 좋아한다. 글을 읽고 쓰는 시간은 혼자일 수밖에 없다. 혼자 묻고 답하는 시간이 끝나면 어김없이 나누고 싶은 시간이 찾아온다. 언어는 나와 세상을 연결하는 통로가 되어 준다. 아프고 고독한 시간을 지나고 나서야 알았다. 고통은 오롯이 나만의 몫이다. 아무도 대신해 줄 수 없다는 것을 아픈 후에 알았다. 아픔을 건너와서 살 만해지니 나의 경험이 타인에게 희망이 되었으면 좋겠다는 꿈이 생겼다. 암을 이겨 낸 경험이 타인에게 조금이라도 도움이 되었으면 좋겠다.

　힘들 때 말없이 입을 다물고 있는 건 남편을 지치게 했다. 그럴 때면 남편은 살얼음판을 걷는 느낌이라고 했다. 13년 동안 결혼 생활을 했지만 남편과 큰 싸움은 없었다. 대신에 냉전기가 자주 찾아왔다. 화를 내는 것보다 말하지 않는 게 남편을 힘들게 했다. 남편이 나와 살면서 가장 힘든 점은 말하지 않는 것이라고 했다. 지나고 나니 남편의 답답한 마음이 짐작되었다. 막상 혼란스럽고 복잡한 시기가 오면 어떻게 말해야 할지 몰랐다. 남편은 차분하게 잘 들어 주는 사람이다. 어떤 말이든 들을 마음이 있다고 했다. 내가 좀처럼 입을 열지 않으니 남편은 한발 물러설 수밖에 없었다. 남편에게조차 말하고 싶지 않을 때가 있었다. 남편은 이해하지 못한다는 반응이었다. 남편과 나는 애초부터 다른 별에서 왔는지도 모르겠다. 우리는 대화의 접근부터 달랐다. 남편과 나눌 수 있는 부분은 한계가 있다고 애초에 선을 그어 버렸다. 13년을 함께한 부부지만 대화의 주파수를 맞추는 건 쉽지 않다.

　속 시원하게 말할 수 있는 상대는 많지 않다. 주파수를 맞추어 대화가 통하는 사람이 아니면 애초에 말을 꺼내고 싶지 않다. 주희라면 내 마음을 알지도 몰랐다. 주희가 보고 싶어졌다. 내 마음을 알아줄 사람은 단 한 사람이면 된다. 가둬 둔 마음과 세상을 연결해 줄 사람은 주희일지도 모른다.

주희를 만나고 싶었다. 아침이 되었다. 아이들은 집에서 온라인 수업을 하고 있었다. 채소를 잘게 썰어서 주먹밥을 만들었다. 은성이는 수업 중이지만 입속에 주먹밥을 밀어 넣으니 오물거리며 먹었다. 청소기를 잡았다가 은성이에게 방해가 될 거 같아 내려놓았다. 음식물 쓰레기를 버리려고 주섬주섬 챙겼다. 한숨이 새어 나왔다. 마음속 답답한 것을 이제 말로 꺼내 보고 싶었다. 속 시끄러운 마음을 알아봐 주길 바랐다. 입이 간질거렸다.

주희에게 전화를 걸었다. 가게에서 일하고 있을 시간이었다. 신호음이 한참 울렸으나 전화를 받지 않았다. 전화를 끊으려는 찰나에 전화기 너머로 주희 목소리가 들렸다. 주희는 반가운 목소리로 인사를 건넸다. "오늘 저녁에 뭐 해?"라고 물으니 별일이 없다고 했다. 전화를 끊고 나서 바로 가방을 쌌다. 무작정 동해에 가기로 마음을 먹었다. 남편에게 전화를 걸어 하루간 휴가를 받았다. 시어머니께 전화를 걸었다. 아이들을 부탁하기 위해서였다. 그동안 아프다는 이유로 전화를 자주 걸지 못했다. 오랜만에 전화건 며느리의 부탁을 흔쾌히 승낙했다. 오랜만에 하루간의 자유를 얻었다. 서둘러서 동해에 가는 시외버스에 몸을 실었다. 대전에서 동해까지는 5시간이 걸린다. 창밖으로 보이는 풍경은 겨울을 준비하고 있었다. 끝도 없이 산맥이 이어졌다. 차는 달려서 강원도에 들어섰다. 강원도의 산은 웅장했다. 중학교 때 남해여행을 갔던 기억이 났다. 그 당시 놀랐던 건 언덕같이 낮은 산이었다. 나지막한 산이 옹기종이 내 눈앞에 펼쳐졌다. 남해의 야트막한 산은 이색적이고 귀여웠다. 마치 외국에 온 듯한 기분이 들었다. 고향에 가는 길에 만난 태백산맥에 압도되어 한참을 바라보았다.

혼자만의 여행은 결혼 후 처음이었다. 챙길 사람 없이 혼자라니 홀가분했다. 마음속에 설렘이 피어올랐다. 어느새 동해에 도착했다. 터미널에 마중 나온 주희를 만났다. 주희는 나를 보고 환하게 웃었다. 반겨 주는 친구가 있으니 고향은 언제나 푸근했다. 늦은 시간이라 주희 집으로 가기로 했다. 주희 가족들과 함께 식탁에 둘러앉았다. 오늘은 주희 생일이었다. 케이크와 포도주가 놓여 있었다. "주희의 생일인 줄 모르고 선물을 준비 못 했어. 내가 치킨 살게." 했더니 "와~!" 환호성이 들렸다. 옆에 있던 주희의 아들과 남편이었다. 치킨은 환영받았다. 아들이 좋아하는 치킨을 제대로 골랐다. 아들은 닭다리를 들고 크게 한입 물었다. 어른들은 와인을 기울였다. 오랜만에 마신 술로 취기가 올라왔다. 양쪽 볼이 달아올랐다. 주희 남편은 슬며시 안방에 들어가더니 이불을 가지고 나왔다. 우리를 위해 안방을 양보했다.

오랜만에 주희와 둘이 나란히 누웠다. 나란히 눕는 건 참 오랜만이다. 주희는 내게 괜찮냐고 물었다. "안 괜찮아. 힘들어서 죽고 싶더라."라고 대답했다. 주희는 네가 괜찮은 게 오히려 이상했다며 내 이야기에 귀 기울였다. 친구를 만나니 이제야 속마음을 털어놓을 수 있었다. 그동안 혼자 끙끙하며 친구들과 연락을 끊고 지내다시피 했다. 친구들이 걱정했을 텐데 전화 한 통을 안 했다. 힘들 땐 동굴로 들어가서 좀처럼 꼼짝하지 않았다. 주희는 속이 탔지만 먼저 연락 오기를 기다렸다고 했다. 힘든 마음을 친구들과 나누면 어땠을까. 지켜보는 친구들도 어지간히 속이 탔던 모양이다. 주희는 치료로 까칠해진 나의 심기를 건드리고 싶지 않았다고 말했다. 주희는 내게 왜 그랬냐고 물었다. "힘들 때일수록 친구가 힘이 되는 건데, 왜 그랬는지 나도 모르겠어."라고 대답했다. 내가 아프다고 징징거리면 친구라도 좋아할 사람이 없다고 생각했다. 애타게 기다리고 있을 친구의 마음까지는 생각하지 못했다. 친구들에게 마음을 열어 표현했다면 이해했을지도 모른다.

내가 힘들었다고 말하니 주희는 지나간 아픈 경험을 끄집어냈다. 자신도 죽고 싶을 때가 있었다고 솔직하게 고백했다. 주희는 자신의 경험을 말했다. 힘들 때마다 친구에게 얘기하고 털어 냈다. 말하다 보니 생각보다 심각했다. 주희는 힘든 상황을 받아들였다. 잘도 견뎌 냈다. 가게를 오픈하고 장사가 잘될 때도 있었지만 안될 때도 있었다. 경제적인 타격은 가정생활에 직접적인 영향을 미쳤으며 시댁 식구들과 갈등으로 번졌다. 주희의 상황은 시간이 지나면서 조금씩 나아졌다. 힘들 때 잠시 내려놓고 기다린다고 말했다. 주희도 나름의 고충이 있었다. 나만 힘든 게 아니었다. 누구나 어려운 시절이 있다고 생각하니 한결 가벼워졌다. 인생을 살아가면서 늙고 아픈 것은 어쩌면 당연하다. 사람이기에 늙고, 병들고, 아픈 것을 피할 수 없다. 주희의 미소 뒤에는 남몰래 아파했던 지난날들이 있었다. 생각지도 못한 주희의 아픔을 듣게 되었다. 내 일이 아니라고 무심했다. 내 상처가 아파서 주변을 돌아보지 못했다.

다음 날 아침이 되었다. 새벽까지 떠들다가 늦게 잠들었다. 아침에 일찍 눈이 떴다. 대전 가는 버스를 예약했다. 주희는 조금 더 있다 가라고 했다. 씻고 나오니 식탁 위 거품 가득한 카페라떼가 놓여 있었다. 한 모금을 마시니 부드러운 거품이 입안에 가득했다. 따뜻한 커피를 마시며 이별의 아쉬움을 달랬다. 아이들을 생각하니 빨리 집에 가고 싶었다. 동해로 떠나온 마음과 대전으로 돌아가는 마음은 달랐다. 돌아가고 싶은 마음을 만나기 위해 떠나왔는지도 모른다. **돌아가는 '나'는 어제의 '나'와는 다른 사람이었다.**

마음에 쌓아 두었던 이야기를 나눈 후 여유가 생겼다. 아이들은 수업을 잘하고 있는지 밥은 먹었는지 걱정했다. 짐을 챙겨서 문을 나섰다. 주희는 나를 안으며 "다 괜찮아, 민선아."라고 말했다. 눈물이 고이고 목이 메었다. 주희에게 웃으며 또 오겠다고 인사를 했다. 친구의 위로 한마디를 가슴에 담았다. '괜찮다. 괜찮다. 괜찮다.' 그 후로도 주희의 한마디는 힘들 때마다 나를 일으켜 세웠다.

5.

죽고 싶은 게
아니었어

살고 싶다고 생각하고 죽고 싶다고 말했다. 이런 나의 마음을 사람들이 알면 위험하다고 생각할지도 모른다. 도움을 받을 수 있는 상담기관으로 나를 연결할 수도 있다. 쉽게 말할 수 있는 내용이 아니었다. 결국 혼자 조금 더 버티기로 했다. 죽고 싶은 생각은 유방암을 이겨 나가는 과정에서 생긴 증상이다. 2주가 지나도 죽고 싶다는 생각이 계속되었다. 치료가 끝나면 아프기 전으로 돌아갈 거라고 믿었다. 나의 기대는 쉽게 무너졌다. 어쩌면 '죽고 싶은 생각'에서 쉽게 벗어날 수 없을지도 모른다. 전문가의 도움이 필요할 수도 있다.

죽고 싶다는 생각은 이제 말이 되었다. "아! 죽는 게 낫겠어."라는 말을 중얼거리고 있었다. 다행히도 들은 사람은 없었다. 죽고 싶은 생각은 우울증 증상 중 하나였다. 우울증은 지속적인 슬픔, 즐거움 상실, 피로감, 부정적인 생각, 집중력 저하, 수면 문제, 식욕 변화, 신체적 증상, 자살 생각 등의 증상 중 다섯 가지 이상이 2주 넘게 지속이 될 때 진단한다. 그렇다고 해도 온종일 우울하거나 죽고 싶은 생각이 드는 건 아니다. 하루 중 아침이 가장 힘든 시간이었다. 하루를 시작할 때 오늘을 어떻게 버텨야 할지 걱정되었다. 가슴이 텅 빈 듯한 허무한 기분에 휩싸였다. 암 치료가 어디 만만했던가. 쉽지 않은 치료를 7개월째 하고 있으니 체력이 바닥났다. '아프다. 힘들다. 지친다. 피곤하다. 살고 싶지 않다.'라는 부정적인 생각에 때때로 사로잡혔다. 머릿속에 똬리를 틀고 있는 부정적인 생각을 지우려고 할수록 짙어졌다.

정신을 차려야 했다. 아이들을 내 손으로 챙기고 싶었다. 거실에서 은지가 놀고 있었다. 은성이도 비대면 수업이라 집에 있었다. 애들 간식을 챙겨야 했다. 무거운 몸을 겨우 일으켜서 거실로 나갔다. 내 몸이 마음대로 움직여지지 않았다. 발목에 무거운 모래주머니를 묶어 둔 느낌이었다. 무거운 걸음을 조심스럽게 옮겼다. 무언가를 하려면 자동차에 시동을 걸듯 한참을 움직여야 했다. 움직이기 시작할 때가 고통스러웠다. 일을 시작한 후에는 느리지만 계속할 수 있었다. 냉장고에서 김치와 돼지고기를 꺼냈다. 은지가 아직 매운 걸 못 먹었다. 씻은 김치와 돼지고기를 넣고 볶았다. 달걀부침을 해서 볶음밥 위에 올렸다. 케첩으로 하트 모양을 내어 마무리했다. 근사한 김치볶음밥이 완성되었다. 아이들이 김치볶음밥 먹는 모습을 보니 흐뭇했다. 아이들을 챙길 수 있어서 다행이다. 혹시라도 내가 아파서 죽기라도 했으면 아이들은 어쩌나 생각하니 코가 시큰했다. 살다 보니 인생에서 태풍을 만났다. 세차게 몰아치던 태풍은 어느새 잠잠해졌다. 태풍이 몰아칠 때는 발버둥 쳐도 소용없다. 지나가기를 기다릴 수밖에 별도리가 없다. 어느새 태풍이 지나가고 남은 자리는 고요했다.

　한 달쯤 잠을 못 자고 우울한 마음이 지속되었다. 며칠 전부터는 기분이 한결 나아졌다. 기운을 차렸고 의욕이 생기기 시작했다. 나에게 가장 큰 변화는 말하고 싶어졌다는 것이다. 마음은 나에게 '남들 보란 듯이 회복해서 잘 사는 거 보여 주고 싶다.'라고 속삭이는 듯했다. 지독한 우울증은 지나가고 있었다. 남편은 이제 좀 괜찮냐고 물었다. 조금씩 나아지고 있다고 말했고, 남편은 안심했다. 나에게도 이유는 있었다. 헝클어진 마음과 정제되지 않은 말들로 주변 사람을 힘들게 하고 싶지 않았다. 나도 그동안 하고 싶은 말이 많았다. 그런데 죽고 싶다는 말을 누구한테 하라는 말인가. 아예 입을 닫고 말하지 않는 편이 나았다. 이제 말해도 되겠다 싶으니 가슴에 담아 두었던 말들이 터져 나왔다. 말을 해도 이해받지 못할 거라는 생각에 말문을 닫았는지도 모른다. 힘들 때일수록 먼저 도움을 청하는 건 쉬운 일이 아니었다.

우울감과 죽고 싶은 생각은 치료와 도움이 필요한 증상이다. 하지만 '죽고 싶다는 생각'을 말하기 쉽지 않았다. 누가 내 마음을 이해할까 싶었다. 주변에 부정적인 영향을 미칠까 봐 걱정되었다. 시간이 지나면 자연스럽게 해결될 거라고 믿었다. 혼자서 이겨 낼 수 있다고 생각했다. 우울증이 더 심해지지 않아서 다행이다. 이번 일을 통해 말문을 닫는 사람들의 마음을 이해할 수 있었다. 힘든 치료 과정을 지나면서 우울한 건 당연했다. 전문기관의 도움을 받았더라면 조금 더 나았을지도 모른다. 마음을 말로 표현하지 않으니 주변에서는 도와줄 방법이 없었다. 마음의 문을 닫고 관계를 차단하는 사람들의 마음이 이랬을까. 각자에게 이유가 있다. 믿고 말할 상대가 없을 수도 있다. 말해도 이해받지 못한다고 생각할 수도 있다. 어떠한 이유로 말문을 닫았는지 다 헤아리기는 어렵다. 한 가지 분명한 점은 마음의 문을 닫았더라도 여전히 소통하고 싶은 마음이 남아 있다는 것이다. 주변에 소통을 거부하는 사람이 있다면 지속해서 두드리는 것이 방법이다. 그러다 보면 굳게 닫힌 마음이 열릴지도 모른다. 힘들 때 나조차도 내 마음을 알지 못했다. 내 마음을 알지 못하니 말로 표현하는 것은 불가능했다. 그럴 때도 누군가 내 마음을 알아주었으면 좋겠다고 생각했다. 상황이 좋아지면서 조금씩 마음의 문을 열 수 있었다. 경험하고 나니 말문을 닫는 사람을 이해할 수 있었다. **마음의 문을 닫는 사람이 있다면 먼저 손 내밀어야겠다. 그들도 나처럼 아파하고 있을지도 모른다.**

6.

어쩔 수 없이
마주한 일상

삶이 멈췄다. 모든 게 중단되었다. 남들은 여전히 열심히 살고 있었다. 나만 삶의 궤도에서 벗어난 느낌이 들었다. 방향을 잃고 어리둥절했다. 대학을 졸업하고 한 번도 쉬어 본 적이 없었다. 일은 생계와 직결되었다. 일은 내게 밥줄이었다. 월급이 넉넉하진 않지만 생활에 큰 어려움은 없었다. 일은 나에게 성취감을 주었고 살아 있는 기분이 들었다. 일을 몰두하는 동안 건강을 놓쳤다. 건강을 챙기는 것이 우선이었다. 언제나 건강할 거라고 믿었던 것이 문제다. 잃어 본 후에야 건강이 중요하다는 것을 알았다. 아쉬웠지만 일을 쉬기로 했다. 일을 내려놓고 싶지 않았다.

중학교 때 친구들을 '꽃돼지 5인방'이라고 불렀다. 5명의 친구 중 선주가 이혼했다. 이혼한 선주는 가족의 생계를 책임져야 하는 상황이었다. 선주는 자기 계발에 매진했다. 지금 공부하지 않으면 미래를 기대할 수 없다고 했다. 대학원을 다니며 책을 치열하게 읽었다. 조금이라도 나아질 미래를 그리며 씩씩하게 살았다. 선주에게는 매달 생활비와 아이들 학원비가 문제였다. 시간이 갈수록 빚은 늘어났다. 공부하면서 다닐 수 있는 직장을 찾기는 어려웠다. 이혼한 선주의 남편은 양육비를 보내 주지 않았다. 선주는 어쩔 수 없이 친정의 도움을 받았다. 당분간 친정의 도움으로 자기 계발에 몰입하기로 했다. 선주는 생활비를 벌어야 했지만 무슨 일을 해야 할지 망설이고 있었다. 나는 선주를 재촉했다. "뭐라도 시작했으면 좋겠어." 안타까운 마음에서 하는 말이었다. 선택은 선주의 몫이었다. 선주의 선택을 어느 누구도 대신할 수는 없다. 누구에게나 선택의 순간이 온다. 선택했다면 자신의 선택을 믿고 지속해 나갈 수밖에 없다. 선주를 재촉했던 것이 후회가 되었다. 선주의 선택을 기다리는 편이 나았을지도 모른다. 선주는 막막한 시기를 이 악물고 버텨 냈다. 가까운 친구일수록 마음을 짐작하거나 섣부른 충고는 도움이 되지 않는다.

내가 힘든 순간을 맞닥뜨리니 선주에게 위로받고 싶었다. 선주에게 전화를 걸었다. 불안하고 힘들다고 말했더니 선주는 "요즘 널 위해 기도하고 있어."라고 대답했다. 누군가 나를 위해 기도하고 있다고 생각하니 안심이 되었다. 건강에 문제가 생기니 일상은 순식간에 무너졌다. 건강할 때 욕망과 열정은 빛이 났지만 건강을 잃으니 욕심에 지나지 않았다. 악착같이 버텨 냈던 직장을 내려놓을 수밖에 없었다. 평소에 하던 영어 공부를 중단했다. 욕심낸다고 할 수 있는 것이 아니었다. 잡고 있던 모든 것을 내려놓았다. 모든 것을 잃었다고 생각했다. 그럴 때도 나를 응원해 주는 사람들이 있었다. 나를 응원해 주는 사람이 있으니 삶은 헛되지 않았다.

독서 모임에 참여한 지 3년이 되었다. 네이버에 '대흥동 독서 모임'을 검색하니 'THE 같이 가치' 독서 모임이 소개되어 있었다. 독서 모임의 이름이 마음에 쏙 들었다. 'THE 같이 가치'란 같이해서 더 가치 있는 사람이 되자는 뜻이었다. 이름이 멋졌다. 누가 지었을지 궁금했다. 블로그의 안내로 'THE 같이 가치' 독서 모임에 참여하게 되었다. 일요일의 달콤한 늦잠을 포기했다. 아침 일찍 독서 모임에 나가는 것은 대단한 사건이었다. 평소에 독서를 좋아했다. 혼자 읽는 것도 좋지만 함께 나누는 것도 매력 있었다. 매주 선정 도서가 미리 공지되었다. 같은 책을 읽었지만 각자 마음에 남는 문장은 달랐다. 모임에 참여하니 독서에 대한 열정이 타올랐다. 독서 모임에서는 자기 사랑과 긍정 마인드에 관련된 책 위주로 읽었다. 독서 모임에서 읽었던 내용은 힘든 순간에 빛을 발했다.

읽는 책마다 보석 같은 내용이었다. 레스터 레븐슨의 『자기 사랑』, 바딤 젤란드의 『트랜서핑의 비밀』, 엘리자베스 퀴블러 로스 · 데이비드 케슬러의 『인생 수업』, 에크하르트 톨레의 『지금 이 순간을 살아라』, 헤일 도스킨의 『세도나 메서드』, 김주환의 『회복 탄력성』, 김종원의 『나의 현재만이 나의 유일한 진실이다』 등이 함께 읽어 온 책이었다. 일요일 아침이면 알람이 울리기 전에 눈이 떠졌다. 치료 기간에도 독서 모임은 빠지지 않고 나가려 했다. 독서 모임은 고비를 넘는 데 힘이 되었다. 이번 선정 도서는 김종원 저자의 『나의 현재만이 나의 유일한 진실이다』였다. 읽은 내용에서 한 문장이 가슴에 남았다. '힘들거나 아플 때만 발달하는 센스를 반대로 행복하거나 기쁠 때 작동시켜야 한다.'라는 문장이었다. 작동 센스를 반대로 바꾸기로 했다. 어떻게 해서든 고비를 넘어야 했다. 이겨 낼 수 있다는 마음으로 버티기로 했다. 아파도 웃으려고 했다. 힘든 시간 속에서 행복을 찾아야 한다. 치열하게 행복을 찾으려고 하니 행복이 보이기 시작했다. 신은 내게 아픔만 주지 않았다. 행복은 그냥 주어지는 게 아니다. 삶 속에서 치열하게 발견해 내는 것이다.

휴직으로 시간이 생겼다. 오전에는 동네 언니들과 차를 마셨다. 전업주부의 삶을 엿볼 수 있었다. 워킹맘이 제일 바쁘다고 생각했지만 전업주부의 일상도 만만치 않았다. 전업주부는 집안일과 자녀 교육을 신경 썼고 가족들의 온갖 심부름을 도맡아 했다. 전업주부들이 이렇게 많은 일을 하고 있는지 몰랐다. 점차 전업주부를 바라보는 시각이 바뀌었다. 휴직으로 인해 다른 시각을 갖게 되었다. 새로운 사람을 만나게 되었다. 그들의 삶을 들을 수 있었다. 어쩔 수 없는 휴직은 다른 세상을 바라볼 수 있는 기회가되었다. 원치 않는 일이라고 해서 나쁜 일로 단정 지을 필요는 없다. 사건의 의미를 당장은 알 수 없다. 원치 않는 일이 새로운 인생을 살게 되는 계기가 될지도 모른다.

7.

살다 보면
넘어질 수도 있지

살다 보면 술술 풀리는 날이 있다. 반면 꼬인 실마리를 도저히 풀지 못하는 날도 있다. 좋은 날이 있으면 힘든 날이 있는 건 당연한 일이다. 힘든 일을 만나면 피하고 싶은 마음이 먼저 든다. 그렇다고 피할 수만 있을 것이 아니다. 힘들 때일수록 괜찮은 척하고 싶었다. 타인의 시선에 신경 썼다. 타인의 인정은 성공처럼 느껴졌다. 타인의 인정에 매달릴수록 외로웠다. 목표치가 높아질수록 만족은 멀어졌다. 몸은 바빴지만 실속이 없었다. 허전한 마음이 채워지지 않았다. 인생이 고통처럼 느껴졌다. 찰리 채플린은 '인생은 가까이서 보면 비극이고 멀리서 보면 희극'이라는 명언을 남겼다. 겉으로 봐서는 타인의 고통을 알 수 없다. 모두 각자 고통을 안고 살아간다. 삶의 고비가 오더라도 버티면 행복해질 거라 생각했다.

고비마다 악물고 버텨 냈다. 많은 고비를 넘었지만 같은 자리에 있었다.

고비를 넘으면 또 고비가 왔다. 오히려 힘을 빼고 주어진 삶에 순응하면서 삶이 나아졌다. 결혼해서 가장 먼저 나를 항복하게 만든 일은 아이 둘을 키우는 일이었다. 은성이가 돌이 되었다. 은성이는 통통하니 살이 올랐다. 한 발씩 떼며 물건을 잡고 일어섰다. 은성이는 잘 먹고 쑥쑥 자랐다. 남편과 아기 한 명을 키우는 일은 할 만했다. 아직 둘째를 맞이할 준비가 되지 않았다. 배 속에 둘째가 있다는 걸 은성이 돌잔치가 지난 후 알게 되었다. 은지를 배 속에 품은 10개월은 순식간에 지나갔다. 2주간 몸조리를 하고 집으로 돌아왔다. 은성이는 동생에게 엄마를 뺏긴 걸 알고 온 동네가 떠나가도록 울었다. 아이가 하나일 때와 둘일 때는 차원이 달랐다.

33세에 은성이를 품에 안았고 35세에 은지를 만나게 되었다. 은지가 세상에 나오면서 아이가 둘이 되었다. 아이가 하나에서 둘이 되면 두 배가 힘들 거로 예상했다. 하지만 두 배 이상 힘들었다. 어둠이 내려앉았다. 모두가 잠든 캄캄한 밤이 되었다. 세상은 고요했다. 깊은 밤에 전자 기계만이 제 역할을 하고 있었다. 은지는 몇 번이나 잠에서 깼다. 기저귀 때문일까. 배가 고픈 걸까. 우유도 먹어 보고 기저귀도 갈아 줬지만 뭐가 문제인지 알 수가 없었다. 은지와 함께 자다 깨기를 반복했다. 정신이 몽롱했다. 은지를 낳은 후 쪽잠을 자야 했다. 아침까지 쭉 자는 게 소원이었다. '아! 아기 울음소리가…' 놀라서 잠에서 깼다. 잠깐 잠들었던 모양이었다. 은지가 악을 쓰고 울고 있었다. 뭐가 불편한지 알 수 없었다. 잠들 거 같아서 눕히면 눈을 말똥거렸다. 시계를 보니 새벽 3시였다. 아침이 오고 있었다. 육아는 잠과의 전쟁이었다. 아침까지 은지를 안았다가 눕히기를 반복했다. 아침이 밝았다. 잠은 포기해야 했다.

육아는 만만치 않았다. 두 아이를 키우는 데 30대 열정을 전부 쏟았다. 초보 엄마니까 힘든 건 어쩌면 당연했다. 시행착오를 통해 엄마가 되어 가는 거라고 위로했다. 나를 의존해서 살아가야 하는 존재가 있다는 건 가슴 벅찬 일이었다. 때론 책임감으로 숨이 막혀 오기도 했다. 엄마의 무게가 이토록 무겁다는 것을 미리 알았다면 애초에 아기를 낳을 엄두를 못 냈을 것이다. 몰랐으니 할 수 있었다. 육아가 가장 우선이 되었다. 일과 공부는 육아 다음이었다. 일도 육아도 계획대로 되지 않는 날이면 속상했다. 어쩔 수 없어서 계획을 수정하기도 했다. 주어지는 대로 산다고 생각하니 마음이 편했다. 아이 둘을 키우면서 예상치 못한 일이 번번이 일어났다. 실수하면서 배워 나갈 수밖에 없다. 미리 준비된 인생을 사는 사람은 아무도 없다. 닥친 오늘을 최선을 다해 살아가는 것이 전부다. 내게 오는 고난을 피할 도리가 없었다. 조금 더 일찍 알았더라면 덜 애쓰면서 살았을 것이다.

사회생활에서 경쟁은 피할 수 없었다. 오늘은 '정성평가'가 있는 날이었다. '정성평가'는 1년간 사업을 정성스럽게 보고서로 작성하여 평가를 받는 것이었다. 이번 '정성평가'는 서구와 대덕구로 경쟁 구도가 잡혔다. 좋은 평가를 받기 위해서 혈안이 되었다. 인정을 받고 경쟁에서 이기고 싶었다. 잘하고 싶다고 생각하니 손이 떨리기 시작했다. 프레젠테이션 하는 날이 되었다. 발표 장소에 들어갔다. 발표 전부터 손에 진땀이 나고 앞이 캄캄했다. 내 차례가 되었다. 연습한 만큼 하면 된다고 생각했다. 무대 앞에 나갔다. 프레젠테이션이 시작되었다. 시작부터 목소리가 떨렸다. 정신 없이 발표를 했고 정신을 차려 보니 끝나 있었다. 발표를 허무하게 마쳤다. 무대를 내려오는데 등에서 땀이 주르륵 흘렀다. 가슴이 서늘했다. 준비한 내용을 다 전달하지 못했다. 잘하고 싶다고 생각하니 더 긴장하게 되었다. 성과에 대한 지나친 집착은 때론 일을 그르치기도 한다.

살아온 날이 많을수록 실패가 많아졌다. 나이가 추가된 만큼 실패의 횟수가 늘었다. 실패했을 때 위로가 되는 것은 나만의 시간이었다. 점심을 먹고 혼자 걸었다. 나무 옆으로 걷는 길은 유난히 예뻤다. 안개로 인해 나무의 초록빛이 선명해 보였다. 매일 걷는 길인데 색다르게 느껴졌다. "아! 좋다."

경쟁에서 이겨야 성공이라고 생각했다. 최선을 다한 과정이 성공이라고 생각하니 마음이 편해졌다. 타인의 인정을 받는 것은 어려운 일이었다. 내가 나를 인정하는 것이 우선이었다. 성공인지 실패인지 나만이 알 수 있다. 결과보다 과정에 의미를 두고 성장을 목표로 한다면 언제나 이기는 인생이다. 타인과의 경쟁에서 벗어나서 스스로 바라볼 때 사람은 성장할 수 있다.

8.

나만 힘든 건
아니다

'오늘은 뭘 먹여야 하나?' 아침마다 고민이었다. 장을 보러 나갈 기운이 없었다. 쿠팡으로 장을 보기로 했다. 장바구니에 필요한 물건을 가득 담았다. 신이 났다. 쉽게 조리할 수 있는 밀키트가 다양했고 심지어 반짝 세일도 했다. 춘천식 닭갈비, 햄 가득 부대찌개, 두부, 우유, 식빵을 담았다. 스마트폰을 몇 번 터치하면 장을 보고 결제까지 가능했다. 새벽이면 집 앞으로 배송되었다. 장을 보고도 시간이 남았다. 운동을 나가기로 했다. 운동하기에 더운 날이지만 저녁이 되니 걸을 수 있었다. 승강기를 타고 내려오는데 1층에서 쿠팡맨을 만났다. 쿠팡맨은 초짜로 보였다. 앳된 얼굴이었다. 옆을 지나가는데 쿠팡맨의 끙끙거리는 소리에 걸음을 멈추었다. 앞에 놓인 짐들을 승강기 안으로 밀어 넣고 있었다. 덜렁 들어서 옮기면 될 거 같은데 쿠팡맨에게 버거워 보였다. 무거운 상자가 여러 개 있었고 음료 상자도 보였다. 쿠팡맨은 상자를 끌다시피 승강기에 옮겨 놓았다. 보고 있다가 옆에 있는 상자를 들어서 승강기에 옮겨 주었다. 쿠팡맨이 땀범벅이 된 얼굴로 고맙다고 인사를 했다. "별거 아닌데 고맙긴요."라고 대답했다. 머리를 긁적이며 가던 길로 발걸음을 옮겼다. 산책하러 나가는 발걸음이 가벼웠다.

동네 주변을 걷기로 했다. 천천히 걸었다. 날씨가 더우니 기운이 없었다. 걷기 시작하니 힘이 났다. 팔을 저어서 신나게 흔들었다. 멀리서 익숙한 모습이 보였다. 꽤 먼 거리에 있었지만 단번에 알아볼 수 있었다. 남편의 실루엣이 보였다. 퇴근해서 집에 오고 있었다. "여보!" 불렀지만 남편은 듣지 못했다. 멀찌감치에서 남편을 찬찬히 살펴보았다. 남편의 모습을 자세히 보는 건 오랜만이었다. 남편의 어깨가 처져 있었고 나이가 한참 들게 느껴졌다. 내가 치료를 받는 동안 남편은 부쩍 늙어 있었다. 걷는 모습은 영락없는 중년 아저씨였다. 남편은 터덜터덜 힘없이 걷고 있었다. 남편은 내게 늘 괜찮은 척했다. 남편도 힘들었던 모양이다. 남편의 모습이 점점 멀어졌다. 결혼해서 살면서 여러 가지 어려움을 겪어 왔다. 힘들 때일수록 서로에게 의지했고 힘이 되었다. 남편은 어지간한 일들은 잘 견뎌 냈지만 나의 암 치료로 마음고생을 많이 했다. 남편의 마음고생은 어쩌면 당연한 일이었다. 아픈 동안 남편의 마음까지는 미처 헤아리지 못했다. 빠른 걸음으로 남편의 뒤를 쫓아갔다. 남편의 등에 손이 닿을 정도로 가까워졌다. 남편의 등을 가볍게 쳤다. 남편은 놀란 눈으로 뒤돌아봤다. 나를 보더니 배시시 웃었다. 남편에게 "아직도 내가 그렇게 좋아?"라고 물으니 당연하다고 대답했다.

시어머니에게 문자가 왔다. 문 앞에 나갔더니 검은색 봉지가 높여 있었다. 들어 보니 묵직했다. 시어머니가 반찬을 장만해서 집 앞에 갖다 놓고 갔다. 어머니께 집에 들어오라고 전화를 했다. 이미 한의원으로 발길을 돌린 상황이었다. 어머니께 어째서 집에 들어오지 않고 가셨는지 물었다. 한의원에 갈 일이 있다고 했다. 아들네 집에 손수 반찬을 해서 왔으면 며느리 얼굴을 보고 싶었을 것이다. 며느리의 상태가 어떨지 몰라서 반찬만 살며시 놓고 갔다. 저녁 식탁에 어머니가 해 준 오이소박이와 절인 깻잎을 반찬으로 놓았다. 갓 지은 밥에 깻잎을 올려서 먹었다. 칼칼한 양념 덕분에 밥 한 그릇을 뚝딱 먹을 수 있었다.

집에서 편안하게 클릭 몇 번으로 장을 봤다. 빠른 배달을 위해 쿠팡맨은 땀방울을 흘려야 했다. 남는 시간으로 운동하고 건강 관리를 할 수 있었다. 땀을 뻘뻘 흘리고 짐을 나르는 쿠팡맨이 있어서 가능했다. 택배를 부지런히 배달해 주는 기사가 있어서 집에서 편하게 앱으로 주문하고 물건을 받을 수 있었다. 집안일과 아이들을 살뜰히 챙겨 주는 남편이 있어서 치료에 전념할 수 있었다. 회사 일과 집안일을 안팎으로 챙기는 남편은 지쳐 보였다. 반찬을 해 주는 시어머니가 있어서 입맛을 돋울 수 있었다. 주변에서 도와주는 사람들이 있어서 치료에 집중할 수 있었다. 치료는 거의 끝나간다. 조금만 더 견디면 된다.

나만 힘들다고 생각하며 살았다. 암에 걸린 건 내 의지가 아니었다. 어쩔 수 없는 상황을 받아들이는 일에 시간과 에너지를 쓰고 있었다. 곁에 있는 가족의 마음을 살필 겨를이 없었다. 집에서 혼자 있으면서 지인들의 인스타를 수시로 봤다. 여행도 가고 맛집을 다녀온 사진들이 수시로 올라왔다. SNS로 지인의 일상을 엿보면서 상대적으로 나만 뒤처져 있는 거처럼 느껴졌다. 지인들의 환한 얼굴을 보면서 "왜 나만…" 아픔을 곱씹었다. 남과 비교하며 자신을 괴롭히고 있었다. 힘들어하는 나를 바라보며 애탔을 가족의 마음을 살피지 못했다. 아프기 전에는 돈, 명예, 진급을 바라면서 전전긍긍했다. 아픈 후에는 이루지 못한 성공에 목말랐다. 아픈 후에도 타인과 비교하는 습관은 여전했다. 나의 욕심은 끝이 없었다. 유방암이라는 걸 알았을 때는 건강하기만을 바랐다. 치료가 진행되면서 생명에 지장이 없다는 것을 알게 된 순간부터 놓쳐 버린 기회를 안타까워했다. 채울 수 없는 욕망이 내 안에서 자라고 있었다. 내가 욕망에 사로잡혀 있는 동안 가족들은 각자의 고통을 감내하고 있었다. 남편의 표정과 어머니의 모습을 다시 바라보니 마음이 느껴졌다. 가질 수 없는 성공에 대한 집착을 내려놓고 가지고 있는 것에 만족하며 사는 게 현명하다. 힘들 때도 내 곁을 지켜 주는 가족이 있어서 아픔을 이겨 낼 수 있었다. 가족들에게 감사하는 마음으로 하루를 살아간다면 지금의 하루보다는 더 낫지 않을까 싶다.

4장

새로운 인생이
다가왔다

치료가 끝나고 건강은 회복되고 있었다. 아픈 동안 삶에 대한 애틋한 마음을 알 수 있었다. 다시 내게 일상이 돌아온다면 멋지게 한번 살아 보겠다고 다짐했다. 시간에 허덕이는 게 아니라 시간을 관리했다. 불평, 불만으로 마음을 시끄럽게 하지 않았다. 선물 같은 평범한 하루의 고마움을 새기며 매일을 살아가고 있다.

1.

오늘이
최고다

"유방암입니다."

한순간에 암 환자가 되었다. 한 치 앞도 모르는 게 인생이라고 했던가. 행복은 손에 잡히지 않는 파랑새일까. 악착같이 '성공'이라는 주문 속에 현재를 구겨 넣으며 살았다. 갑자기 암 환자라고 생각하니 하늘이 무너졌다. 살다가 아플 수 있고 죽음 역시도 언제 닥칠지 모른다고 생각하니 정신이 번쩍 들었다. 사람의 일생은 태어나는 동시에 시작되고 죽으면 끝이 난다. 당연하지만 죽음에 대해 생각해 보지 않았다. 유방암에 걸린 후 '곧 죽을지도 모른다.'라는 두려움과 마주했다. 죽으면 모든 고통이 사라질지도 모른다는 생각이 슬그머니 올라왔다. 이대로 죽는다고 생각하니 즐기지 못한 인생이 한이 되었다. 결국 삶은 끝이 있기에 살아 있는 지금에 감사해야 한다. '이럴 줄 알았다면 아이들이랑 더 재미나게 살걸.' 한숨이 새어 나왔다.

성공한 후에 아이들과 여유를 갖고 행복한 시간을 보내겠다고 미뤄 두었다. 일에 매여 사느라 아이들과 함께할 시간은 늘 부족했다.

저녁이 되었다. 은지와 은성이는 놀다가 안방에 들어와서 잠들었다. 자는 아이들을 물끄러미 바라봤다. 아이들의 얼굴이 평화롭다. 은지와 은성이 사이를 파고들어 중간에 누웠다. 은지는 잠결에 나를 끌어안는다. '이게 행복 아닐까'라는 생각이 문득 들었다. 안고 있던 은지의 등을 토닥였다. 애들과 함께 보낼 시간 없이 살았다고 생각하니 눈가가 뜨거워졌다. 눈물이 볼을 타고 흘렀다. 행복 별거 아닐지도 모른다. 아이들과 함께 있는 지금이 행복이다. 건강을 잃어서 일상조차 빼앗길 수 있다고 생각하니 행복이 선명해졌다.

30대 후반 미래에 대한 불안감에 짓눌렀다. 성공을 위해 일에 나를 밀어 넣어도 괜찮다고 생각했다. 회사에 가면 일에 허덕거리고 퇴근하면 직장 동료와의 관계를 생각했다. 성공에 대한 압박은 어딜 가나 일에 매이게 했다. 돌아보니 성공에 대한 압박은 미래에 대한 두려움에서 시작되었다. 불안한 미래에 사로잡혀 현재에 집중할 수 없었다. 일상의 행복을 나중으로 미루었다. 결국은 잡을 수 없는 미래였다. 미래는 허상이며 '미래의 행복'은 손에 잡히지 않았다. 잠든 아이들을 바라봤다. 아이들과 함께하는 평범한 일상이 행복처럼 느껴졌다. 살아오면서 행복을 미루는 습관은 손에

쥔 행복조차도 모래알처럼 빠져나가게 했다. '육아 전쟁', '워킹맘', '직장여성', '만성피로'가 나를 표현하는 수식어였다. 아침부터 저녁까지 정신이 탈탈 털린 날들의 연속이었다. 허덕이며 하루를 마쳤고 아침이 되면 전쟁터에 나갈 생각에 가슴이 조여 왔다. 마음이 바쁘니 일상을 제대로 들여다볼 수 없었다. 정신없는 하루를 보냈다. 시어머니가 아이들을 챙겨 어린이집에 보냈다. 내가 늦게 끝나는 날에는 남편이 아이들을 챙겼다. 시어머니와 남편의 도움이 없었다면 아이들을 키우는 것은 불가능했다. 시어머니와 남편 손에 살림과 아이들을 맡긴 날이면 잘 살고 있는지 의문이 들었다. 복잡한 하루를 마무리하는 시점이다. 자려고 누웠다. 시선은 천장을 멍하니 바라보고 있었다. 자려는 남편에게 "여보, 나 힘들어."라고 말했지만 대답은 돌아오지 않았다. 남편은 잠들었다. 혼자 깨어 있던 나는 한참을 뒤척인 후에야 잘 수 있었다.

아픈 후 일을 쉬게 되었다. 건강이 허락되지 않으니 어쩔 수 없이 일을 놓게 된 것이었다. 미리 건강을 챙기고 쉬었다면 어땠을까 후회했다. 유방암 환자가 될 줄은 상상하지 못했다. 젊으니 무리해도 괜찮다고 생각했다. 휴직하고 일에서 벗어나니 마음에 여유가 생겼다. 난 무엇을 원했고 어떤 삶을 살고 싶었던 것일까. 지나간 일들이 떠올랐다. 이제 와서 후회해도 소용없는 일이었다. 코로나바이러스가 한반도를 덮었다. 아이들은 학교에 가지 못했고 집에서 원격 수업을 했다. 아이들의 세 끼 식사를 챙기는 것이 중요한 임무가 되었다. 요리가 자신이 없었다. 매번 무슨 반찬을 해야 할지 고민이었다. 반찬 걱정이 해결되면 집에서 무엇을 하며 보내야 할지 난감했다. 놀기 좋아하는 아이들이 집에만 있기란 쉬운 일이 아니었다. 친구들도 못 만나고 활동량이 줄어든 아이들은 답답해했다. 은지는 온종일 심심하다는 말을 입에 달고 살았다. 은성이는 방에서 혼자 뒹굴뒹굴했다. 집에서 영상으로 공부하고 게임을 하면서 무료한 시간을 보내야 했다. 한창 뛰어놀아야 할 나이에 온종일 집에 있으려니 몸이 쑤시는 모양이다. 아이들과 부대끼면서 하루는 금세 지나갔다. 출근해서 다른 사람의 손에 아이들을 맡기는 것보다 휴직이라 다행이다. 아이들과 부대끼는 시간 동안 서로의 실체를 확인했다. 째그락거리고 싸우면서 서로의 허물을 알아 갔다.

둘째 아이 출산휴가를 마치고 출근하던 날이 떠올랐다. 울먹거리는 은지를 붙잡고 말했다. "은지야, 엄마는 회사를 가야 해. 할머니랑 잘 놀고 있어." 은지가 이해했는지 알 수 없었다. 문을 닫고 나왔다. 닫힌 현관문 뒤편에서 은지의 울음소리가 들렸다. 3개월밖에 안 된 아기를 떼어 놓고 출근하려니 속이 쓰렸다. 나는 학창 시절에 경제적으로 어려움을 겪었다. 아빠의 사업 실패로 가정경제는 한순간에 무너졌다. 경제적인 어려움으로 불편한 점이 많았고 심리적인 타격을 받았다. 학창 시절에 돈에 대한 결핍은 성인이 된 이후에도 영향을 미쳤다. 직장은 밥줄이고 생명줄처럼 느껴졌다. 당장 먹고사는 게 어려운 것은 아니었지만 일을 그만두는 것은 있을 수 없는 일이었다. 학창 시절의 결핍은 마음속에 남아 심리적으로 영향을 미쳤다. 워킹맘의 일상이 고단했지만 어떻게든 일을 계속하고 싶었다. 내가 일에 매진하는 동안 아이들은 남편이 혼자 키우는 거처럼 보였다. 은성이가 다섯 살이었다. 동네에서 은성이는 엄마가 없는 아이라는 소문이 돌았다. 은성이 손을 붙잡고 놀이터를 나갔다. 은성이 친구들이 내 주변에 모였다. "은성이 엄마예요?"라고 물었다. 은성이 친구 상혁이었다. 상혁이는 나를 호기심 가득한 눈으로 쳐다보고 있었다. 상혁이는 "진짜 은성이 엄마예요?" 다시 물었다. 놀이터에 있던 아줌마들의 시선이 일제히 나에게 쏠렸다. 얼굴이 빨개졌다. 다들 신기하다는 표정으로 쳐다보고 있었다. 내가 은성이 엄마라는 것을 각인시키고 싶어서 큰 소리로 말했다. "저 은성이 진짜 엄마예요."

'돈이 뭐길래. 집착하는 걸까.' 돈은 가족을 먹여 살리기 위한 수단이었다. 돈이 없으면 얼마나 불편하고 서러운지 누구보다 잘 알고 있었다. 어쩌면 돈에 대한 집착은 가족에 대한 사랑이었는지도 모른다. 적어도 아이들에게는 경제적인 어려움을 겪게 하고 싶지 않았다. 돈에 집착은 편향된 시각을 만들었다. 사소한 행복을 포기했다. 미래의 경제적인 안정을 위해 오늘을 희생했다. 아프니 다 소용없었다. 지금의 행복을 누리며 살아가는 것이 현명하다. 앞으로 무슨 일이 있을지 모른다. 지금 여기에 촉을 세워야 한다. 아이들과 함께하는 지금이 전부다. 내일을 위해 오늘은 포기하는 어리석은 짓을 더는 하지 않기로 했다. 지금의 행복을 손에 꽉 쥐고 놓지 않을 것이다.

2.

일상이
뒤집혔다

일하고 싶다고 혼자 중얼거리고 있었다. 내 입에서 나온 말이라니 믿을 수가 없었다. 일이 지긋지긋했다. 틈만 나면 일을 그만두는 상상을 했다. 일이 숨 막히게 했다. 출근하면 차분하게 일을 순서대로 진행하고 싶었다. 일의 순서는 당장 닥친 일에 밀렸다. 바로 제출해야 하는 실적, 응급환자, 민원전화 등을 먼저 처리해야 한다. 계획했던 일과 당장 해야 할 일로 순위는 뒤죽박죽되었다. 눈앞에 있는 일을 처리하다 보면 하루는 금세 지나갔다. 벌써 퇴근 시간이라니 손이 빨라졌다. 오늘 하려던 일을 다 하지 못했다. 조금만 더 하면 마무리할 수 있었다. 하던 일을 멈추고 퇴근하기로 했다. 주섬주섬 책상을 정리했다. 아이들이 기다릴 생각을 하니 시간을 더 지체할 수 없었다. 사무실에서 나와서 쏜살같이 집으로 차를 몰았다. 집에 들어서니 은성이가 은지가 현관으로 달려 나왔다. 언제나 아이들은 나를 반겨 주었다. 회사에서 집으로 두 번째 출근했다. 집안일과 아이들 돌보는 일이 시작되었다. 하루는 쳇바퀴 속에서 복제되고 있었다. 돌아가는 쳇바퀴를 멈추고 싶었지만 그럴 힘은 남아 있지 않았다. 체력이 바닥났고 마음은 지쳤다. 입에는 힘들다는 말을 달고 살았다. 반복되는 일상에서 탈출하기란 불가능해 보였다. 모든 일을 내려놓고 휴직한 지 6개월이 지났다. 쉬어 보니 6개월 만에 다시 일터로 돌아가고 싶었다. 이제야 내 마음을 알 수 있었다. 나는 일이 싫었던 게 아니라 쉬고 싶었던 것이다.

알람이 울렸다. 일어나야 했다. '조금만 더'라며 이불 속에 있었다. 햇살이 방안을 환하게 비추고 있었다. 커튼 사이로 빛이 들어왔다. 햇살을 보니 기분이 좋았다. 가볍게 일어났다. 이불을 정리하고 나니 마음이 가지런히 정리된 기분이 들었다. 가볍게 일어나서 이불을 정리하는 데 성공했다. 아픈 후 새로운 날은 당연한 게 아니었다. 새날을 맞은 감사한 마음이 들었다. 알차게 하루를 살아 내고 싶었다. 간단하게 아침 식사를 준비했다. 미역국과 밥을 퍼서 식탁 위에 놓았다. 출근하는 남편에게 아침 식사를 차려주고 싶었다. 남편은 오랜만에 아침을 먹는다며 싱글벙글했다. 당연한 것이 결코 당연한 것이 아니라는 걸 알았을 때 변화하기 시작했다. 매일 맞는 아침이 소중해졌다. 참 인생 모를 일이었다. 유방암으로 인생이 다 끝난 거처럼 상심했다. 유방암으로 인해 일상을 다른 시각으로 바라보게 되었다. 고통이 나에게 지혜를 가르쳐 주었다. 소소한 일상으로 매일 감사하는 마음이 들었다. 평범한 하루가 가장 큰 행복이라는 것을 뒤늦게 알게 되었다. 일상을 새로운 시각으로 바라보게 되었으며 새로운 삶이 운명처럼 내게 다가왔다.

  은지는 자고 있었다. 자는 모습을 볼수록 예뻤다. 조용히 은지 옆으로 갔다. 은지 볼에 나의 볼을 비볐다. 손을 뻗으니 은지가 내 가슴에 안겼다. 가슴이 몽글몽글해졌다. 그러고 보니 행복 별거 없다. 이렇게 아이를 품에 안은 엄마가 세상에서 가장 행복하다. '앗! 늦었다.' 또 늦장을 부렸다. 은지를 급하게 깨웠다. 학교 갈 준비를 해 두고 얼른 출근해야 한다. 아이들 물병과 실내화를 챙겼다. 우유와 토스트를 식탁 위에 놓았다. 서랍에서 아이들이 입을 옷을 꺼냈다. 학교 갈 준비가 다 되었다. 출근 준비는 순조롭게 진행되었다. 물 한 컵을 시원하게 들이켰다. 아이들에게 학교 잘 다녀오라고 인사를 남기고 집을 나섰다. 버스를 타고 출근하려면 정류장까지 빠르게 걸어야 한다. 걷는 동안 일 생각으로 머릿속이 복잡했다. 생각은 꼬리를 물며 떠올랐다. 전날 직장 동료가 한 말을 아직 곱씹고 있었다. 내 앞에 차가 '쌩~' 지나갔다. 차 소리에 놀라서 정신이 들었다. 생각에 몰두해 있는 사이 건널목 앞까지 와 있었다. 출근길을 무의식적으로 걷고 있었다. 신경 쓰지 않아도 나를 사무실로 데려다 놓았다. 뇌에 무의식적으로 새겨져 있는 행동은 의식하지 않아도 자동으로 반복되고 있었다. 반복된 행동이 모여서 하루가 되고 나의 인생이 되는 건 아닐까. 내가 삶을 주체적으로 살아가고 있는지, 삶이 나를 데려가고 있는 건 아닌지 분간되지 않았다.

갑자기 남편은 다른 사람이 되었다. 정확하게 표현하면 남편을 바라보는 나의 시선이 달라졌다. 연애 시절 자상했던 남편이 좋았다. 결혼 후 남들에게 자상한 남편의 모습은 단점으로 느껴졌다. 한편으론 남편이 못마땅하게 여겨졌다. 남편에게 짜증을 내는 날이 잦아졌다. 나의 편파적인 시각이 반영된 것이다. 결혼해서 고비를 함께 넘으면서 남편을 바라보는 시선이 한결 부드러워졌다. 유방암으로 내 인생 최대의 고비를 맞았다. 남편은 힘들 때나 괴로울 때에도 묵묵히 내 곁을 지켜 주었다.

남편은 내가 아픈 동안 헌신적인 모습을 보여 주었다. 항암 치료로 몸과 마음이 힘들 때 남편은 캠핑을 권했다. 힘든 나에게 자연이 도움이 될 거로 생각해서였다. 캠핑을 좋아했지만, 막상 캠핑을 가려니 준비가 만만치 않았다. 캠핑 준비와 허드렛일은 남편의 몫이었다. 캠핑 준비에 도움이 되고 싶었지만, 몸이 마음대로 되지 않았다. 항암 주사를 맞고 나면 온몸이 저리고 피로감이 몰려왔다. 남편 혼자 바쁘게 몸을 움직였다. 텐트를 치고 쉴 수 있는 자리를 만드는 동안 차 안에서 기다렸다. 캠핑을 와도 내가 할 수 있는 일은 없었다. 텐트가 형태를 갖춰 가고 있었다. 텐트 안에 들어가서 슬그머니 누웠다. 남편이 분주하게 왔다 갔다 하는 소리가 들렸다. 남편의 발걸음 소리가 멀어졌다. 스르륵 눈을 감았다. 시간이 얼마나 흘렀을까.

텐트에서 눈을 뜨니 주변이 어둑어둑해졌다. 아이들과 남편은 텐트 밖에서 저녁을 먹고 있었다. 남편의 얼굴은 땀범벅이 되었다. 텐트를 치고 저녁 준비를 하느라 진땀을 뺀 모양이다. 아이들과 남편은 왁자지껄하게 떠들고 있었다. 남편이 입고 있는 회색 반바지가 눈에 보였다. 남편은 회색 반바지를 삼 일째 입고 있었다. 옷을 갈아입을 여유가 없는 걸로 보였다. 남편은 본인이 옷을 안 갈아입었다는 것을 알고 있을까. 자신은 챙기지 못하고 바쁘게 움직인 남편 덕분에 캠핑을 즐길 수 있었다.

유방암을 이겨 내며 세상을 바라보는 시선이 바뀌었다.

새로운 아침을 만났고 남편의 새로운 모습을 보게 되었다. 캠핑의 맛을 알게 되었고 자연이 따뜻하게 안아 주었다. 캠핑하기 위해 산과 바다를 찾았다. 캠핑을 통해 자연의 맛을 알게 되었다. 산속에서 불어오는 바람은 아파트 사이로 불어오는 바람과는 차원이 달랐다. 바람에는 산과 구름의 향이 담겨 있었다. 올려다보면 눈에 가득 하늘이 보였다. 아파트 사이로 비집고 나온 조각난 하늘이 아니었다. 확 트인 하늘을 보고 산에서 불어오는 바람을 맞고 있으면 더 바랄 것이 없었다. 의자에 앉아 눈을 감았다. 가만히 자연의 소리에 귀 기울이면 바람, 물, 나무가 말을 걸어왔다. 자연 속에 있으면 마음이 고요해지는 것을 느낄 수 있었다. 인생은 모를 일이었다. 한쪽 문이 닫히니 다른 문이 열렸다. 아프지 않았으면 몰랐을 새로운 세상이 나를 찾아왔다. 힘든 일이 온다고 낙심하거나 포기하지 않았으면 좋겠다. 인

생의 고비에서 최고의 선물을 만날지도 모른다. 포기하지 않으면 분명히

좋은 날이 온다. 희망은 언제나 마음속에서 싹이 튼다.

3.

나만의 시간이
필요해

'도대체 나만 왜 이래.'라고 투덜거렸다.

늘 제자리에 맴돌았다. 반복된 일상을 살고 있었다. 다른 사람들은 잘만 사는데 나만 힘든 거처럼 느껴졌다. 네이버에서 '번아웃', '소진', '직장인 고민' 단어를 검색했다. 찾다 보니 '번아웃(Burnout)' 단어가 네이버 검색어 1위였다. 번아웃은 주로 과도한 스트레스와 업무 과부하로 인해 신체적, 정신적, 감정적으로 소진되는 상태를 말한다. 번아웃은 직장 생활에서 주로 발생하며 일상생활까지 영향을 미치게 된다. 번아웃을 이렇게 많이 검색하고 있다는 건 나와 같은 사람이 많다는 것이었다.

직장인의 어려움을 들어 보면 각자 할 말은 있다. '관계가 어렵다', '상사가 힘들다', '업무가 많다', '월급이 적다' 등 이유가 다양하다. 직장 생활이 어렵다고 해서 당장 일을 그만둘 수 있는 것도 아니다. 대부분 사람들은 직장 생활이 생계와 직결되어 있다. 힘들어도 견딜 수밖에 없다. 직장에는 다양한 사람들이 모여서 일을 하고 있다. 성과를 내는 과정에서 사람들과 부대끼는 스트레스가 만만치 않다. 나 역시 일을 그만두고 싶은 마음이 들 때가 한두 번이 아니었다. 일을 그만두기 어려웠던 이유는 돈에 대한 남다른 집착 때문이었다. 학창 시절 겪었던 경제적 어려움은 돈에 대한 집착을 만들었다. 이 일이 아니면 먹고살지 못할지도 모른다는 생각마저 들었다. 나에게는 직장 생활이 힘들어도 버티는 게 답이었다. 직장 생활에서 어려운 점은 팀원들과 관계에 대한 문제였다. 리더십에 대한 고민은 날이 갈수록 많아졌다. 신입 팀원과의 생각의 차이는 컸다. 매일 얼굴을 마주하는 동료와 관계가 불편해지면 직장 생활 자체가 고통이 되었다.

직장 동료들과는 함께 일하는 시간이 많기에 오히려 적당한 거리가 필요하다는 것을 한참 후에야 알았다. 관계가 좋을 때 마음의 자리를 내어 줄수록 관계가 나빠졌을 때 깊은 상처가 남았다. 관계의 질은 함께한 시간과 비례하는 것도 아니었다. 잘하려고 할수록 관계가 나빠지는 경우도 있었다. 〈채환의 귓전 명상〉 유튜브 채널을 즐겨 들었다. 듣다 보면 손뼉을 치고 고개를 끄덕이고 있었다. 잊지 않고 새겨 두고 싶은 문장들도 제법 많았다. 좋은 문구들이 실생활에 적용되어 지혜가 되기를 바랐다. 마음에 상처를 받고 퇴근하는 날이면 어김없이 〈채환의 귓전 명상〉을 들었다. '아무에게도 마음을 다하지 말라'는 문구가 나왔다. 마치 채환이 내게 충고하는 거처럼 느껴졌다.

관계의 중요성에 대해서는 잘 알고 있었다. 사람은 사회적 동물이기에 타인과 관계를 형성하며 살아간다. 타인과의 관계에 치우쳐서 자신을 희생할 필요는 없다. 타인에게 의지하거나 집착하면 어김없이 상처로 돌아왔다. 타인과의 관계보다 더 중요한 것은 자신과의 관계다. 직원들과 모여 앉으면 자리에 없는 직원의 뒷말이 나왔다. 마음이 불편하기는 했지만, 적당히 맞장구를 치기도 했다. 대화가 끝나고 나면 마음이 어딘가 모르게 찝찝했다. 시간이 아깝고 후회가 밀려왔다. 오랜 직장 생활에 지쳐 인간 멀미를 하고 있었다. 늘어난 말수만큼 실수도 늘었다. 오히려 혼자 있는 편이 나았다. 혼자 있는 시간이 생기니 마음에 여유가 생겼다. 점심을 먹고 난 후 남은 시간을 활용해서 책을 읽기로 했다. 잡담을 줄이니 점심시간을 활용할 수 있었다. 근무 시간에 최대한 집중해서 일하고 퇴근을 제때 하기로 했다. 퇴근 후 운동을 시작했다. 유방암으로 수술한 왼쪽 어깨와 가슴이 자주 뭉쳤다. 뭉친 어깨와 가슴을 풀기 위해 요가를 하기로 했다. 근무 시간에 집중하니 퇴근이 빨라졌다. 수다를 줄여서 점심시간을 남겼고 정시 퇴근했다. 확보한 시간으로 자기 계발을 시작했다. 운동 시간을 확보할 수 있었다. 직장 동료와의 관계에 투자하는 시간은 자기 계발 하는 시간으로 바뀌었다. 퇴근 후 시간을 쪼개어 글쓰기 수업과 스피치 수업을 들었다. 자기 계발을 통해 하루가 꽉 채워졌다. 꽉 찬 하루를 보내니 삶이 뿌듯했다. 마음에 여유가 생기니 미래를 생각할 여유가 생겼다. 간호사로 언제까지 밥벌이를 할 수 있을까. 언젠가 끝이 나게 될 텐데 준비가 필요했다. 퇴직 후 멋지게 제2의 인생을 살고 싶다. 에세이 작가를 꿈꿨다. 평소에 책 읽는 것을 좋아하지만 글을 쓰는 건 차원이 다른 일이었다. 좀처럼 엄두가 나질 않았다. 글쓰기 수업을 들으며 어떤 글을 쓸 것인지를 선명하게 그려야 했다. 과연 내가 글을 쓸 수 있을지 모르겠다. 흰 백지와 마주하는 순간이 가장 두려운 순간이었다. 글쓰기 수업을 들으면서 나의 경험이 힘든 사람에게 도움이 되는 글을 쓰겠다는 동기를 얻었다. 우선은 써 보기로 했다. 키보드를 마구 두드렸다. 전달하고 싶은 말들을 쏟아 냈다. 내가 쓴 글을 다시 읽으니 한숨이 나왔다. 마음먹으면 쓸 수 있을 거라고 생각을 했다. 쉽지 않았지만 글을 쓰기 시작했다는 사실에 기분 좋았다. 새로 도전하는 일이 있다는 것은 설렘이었다. 언제 완성될지 모르지만, 작가가 된 기분을 누려 보았다. 쓰다 보면 언젠가 작가가 될지도 모를 일이다.

이병률 저자의 『혼자가 혼자에게』에선 진정 하고픈 걸 할 수 있는 상태는 혼자일 때라고 했다. 직장 내에서 혼자 있을 수 있는 시간을 만들기로 했다. 늘 시간이 없다고 투덜거렸는데 자투리 시간을 이용해 많은 일을 할 수 있었다. 직장 내에서 혼자가 되는 것이 두려웠다. 직원들의 눈치를 보며 수다를 떨며 시간을 보냈다. 관계가 나의 노력에 비례하는 것이 아니라는 걸 알고 그만두었다. 동료들의 기분을 맞추느라 시간을 허비하는 것보다는 자기 계발에 시간을 투자하기로 했다. 생각이 바뀌고 난 후 자투리 시간을 찾을 수 있었다. 더 이상은 하루를 일로 가득 채우지 않는다. 틈새 시간을 통해 책을 읽는다. 퇴근해서는 운동하고 공부한다. 일과 삶의 균형을 맞춰 가고 있다. 자신을 위해 혼자 있는 시간이 필요하다. 자투리 시간을 활용하면 생각보다 많은 것들을 할 수 있다.

4.

소중한
내 인생

아이들은 자고 있었다. 시간을 보니 아직 여유가 있었다. 음악을 틀었다. 잔잔한 음악을 들으며 출근 준비를 했다. 씻고 나와서 미스트를 뿌렸다. 선크림과 파운데이션을 발랐다. 마지막으로 립스틱을 발랐다. 옷을 갈아입으니 출근 준비가 끝났다. 알람 소리가 요란하게 울리기 시작했다. 둘 다 일어날 시간이었다. 은성이가 부스스하게 눈을 떴다. "은성아, 일어나."라고 했더니 5분만 더 잔다며 이불 속으로 파고 들어갔다. 일어나기 싫어서 '5분만'은 내가 입버릇처럼 하는 말이었다. 행동까지 나를 빼닮았다. "일어나, 어서." 이불을 들추니 웅크리고 있던 은성이의 몸이 드러났다. 드러난 은성이의 몸은 통통하니 귀여웠다. 남편이 출근 준비를 마쳤다. 아이들 아침 식사를 준비했다. 아침은 시리얼, 달걀 밥, 주먹밥 중 하나였다. 아침을 준비하면서 남편은 우스꽝스러운 표정을 짓고 있었다. 아이들에게 장난을 걸었다. 가방을 챙겨서 거실로 나온 은지는 재간을 피우는 아빠를 보며 웃었다. 평범한 아침은 평화로웠다. 건강을 잃고 치료로 일상을 빼앗긴 후였다. 특별할 거 없는 보통 날이 고마웠다. 다시 반복되는 일상으로 지겨워지는 날이 있을 것이다. 그럴 때마다 지금의 마음을 기억할 것이다. 평범한 날은 당연한 게 아니었다. 평범한 날이 가장 큰 행복이라는 것을 이제야 알았다.

항암 치료가 시작되면서 아프고 힘든 날의 연속이었다. 곁에는 가족이 있었다. 힘들어서 견딜 수 없었던 날도 씻지 못하고 누워만 있었던 날도 밥을 못 먹고 끙끙거리던 날도 함께였다. 아이들을 보면서 어린아이가 뭘 알겠냐고 생각했다. 아이들은 아픈 나를 늘 챙겼다.

속이 울렁거렸다. 아이들 점심을 먹이려고 주방에 들어섰다. 식탁 위에 볶음밥과 사과를 깎아 놓고 방에 들어와서 문을 닫았다. 음식 냄새만 맡아도 속이 뒤집혔다. 은지가 방문을 열고 들어와서 내 입에 슬며시 사과를 밀어 넣었다. 엄마가 못 먹고 있는 게 신경 쓰였던 것이다. 사과를 씹으니 먹을 만했다. 사과는 속이 울렁거리지 않았다. 과일은 조금 더 먹을 수 있었다. 항암 주사를 언제 맞았냐에 따라 상태는 달라졌다. 속이 울렁거리고 손발이 저렸다.

아이들 끼니는 거르지 않겠다고 의지를 다졌다. 아이들 밥은 굶기지 말아야 한다는 투철함으로 부작용을 이길 수 있었다. 상태가 좋지 않은 날에는 식사 준비가 쉽지 않았다. 몸과 마음이 처지는 날에도 임무를 했다. 아이들을 먹이려고 힘을 냈다. 식사를 준비하려고 노력한 덕분에 나도 먹을 수가 있었다. 아이들이 없었다면 누워 있었을 것이다. 아프다고 누워만 있었다면 항암 치료는 더 힘들었을지도 몰랐다. 장을 보고 식사를 준비하느라 움직이는 동안 아프다는 사실을 잊을 수 있었다.

어리다고 생각했던 아이들은 제법 의젓했다. 은성이는 "엄마, 괜찮아?"라고 물었다. 아이들이 내 상태를 수시로 점검했다. 내가 피곤해 보이면 좀 쉬어야 하는 거 아니냐며 걱정했다. 약 기운에 누워 있거나 처져 있는 날이 생겼다. 아이들은 내게 다가와서 말을 걸어 주었다. 치료는 혼자 견딜 수밖에 없었다. 스스로와의 싸움이었다. 혼자라고 생각할 때 가족이 나를 안아 주었다. 누워 있는 내 팔 사이로 은지가 파고들었다. 은지를 두 팔 벌려서 안았다. 은지를 안고 있으니 마음이 따뜻해졌다. 아이들에게 유일한 엄마다. 견디기 힘들어서 몸부림치던 날에도 아이들이 곁에 있었다. 아이들을 위해서라고 이겨 내야 한다는 의지를 다졌다. 아이들과 투닥거리며 시간이 흘렀다. 아이들이 없었다면 고통의 순간에 무슨 생각을 했을까. 마음 약해지는 생각 따위는 버렸다. 아이들과 함께 비가 오면 비를 함께 맞고 바람이 불면 바람을 맞았다. 맑은 날도 있었지만, 비바람이 세차게 몰아치고 견딜 수 없는 날도 있었다. 아이들과 바람을 맞았고 함께하며 궂은날에도 행복할 수 있다.

회사에 다니며 가장 많이 했던 말이 '시간이 없어.'였다. 워킹맘이 세상에서 가장 바쁜 줄 알고 살았다. 집에 있어도 시간은 없었다. 백수가 과로사한다는 말을 증명해 보였다. 일하지 않는데 하루가 정신없이 지나갔다. 아이들을 학교에 보내고 집 앞 무인카페에서 동네 언니들과 모여 앉았다. 우리의 하루는 무인카페에서 시작됐다. 왁자지껄하게 수다를 떨고 커피를 마시며 아침 시간을 보냈다. 집에 와서 점심을 챙겨 먹고 밀쳐 둔 집안일을 했다. 오후에 모임에 나가야 하니 서둘러야 했다. 약속된 시간이 가까워졌다. 집에서 모임 장소까지 뛰기로 했다. 숨이 턱까지 찼다. 헐떡거리며 카페에 들어서는데 다들 놀란 표정이었다. 요즘 바쁘다고 자리에 앉았다. 일하지 않는데도 시간이 없다는 말을 입에 달고 있다. 상황이 바뀌었는데도 시간이 없는 건 마찬가지였다. 알고 보니 시간은 나는 게 아니라 내는 거였다. 하고자 하는 일이 있다면 기꺼이 시간을 내야 했다.

어느새 휴직의 2년은 지나갔고 다시 복직했다. 복직한 후 시간을 다르게 사용하기로 했다. 내가 쓰는 시간을 살펴보니 틈새 시간을 찾을 수 있었다. 버스를 타고 출근하면 아침에 30분, 저녁에 30분 오가는 시간에 독서를 할 수 있었다. 점심을 먹고 난 후 30분은 나만의 휴식 시간을 가질 수 있었다. 점심시간에는 운동화로 갈아 신고 주변을 걸었다. 휴직 때보다 복직하니 시간이 더 많아졌다. 하고 싶은 일이 있다면 남는 시간이 있는지 확인해야 한다. 틈새 시간을 잘만 활용하면 시간을 확보할 수 있다.

아프고 난 후 시간이 소중해졌다. 시간은 나를 기다려 주지 않았다. 아프 동안 시간이 훌쩍 지나갔다. 삶은 언젠가 끝나기 마련이다. 생각보다 시간이 얼마 남지 않았을지도 모른다. 남은 시간을 하고 싶은 일로 채우고 싶다. 미루다가 결국 못 할 수도 있다는 것을 알았다. 하고 싶은 일을 먼저 하는 게 중요하다. 퇴근 후 꾸준히 걷고 있다. 건강을 위해서다. 시간 없다는 핑계는 그만두고 기꺼이 시간을 투자하기로 했다. 은성이 은지가 나를 부르지만 '엄마 운동 시간이야.'라고 말하고 뒤돌아보지도 않고 집을 나섰다. 나의 운동 시간은 아무에게도 방해받고 싶지 않았다.

하루에 24시간이 주어진 것은 누구에게나 공평했다. 시간을 어떻게 쓰느냐에 따라 삶은 달라졌다. 바쁘다고 말하며 삶에 끌려다녔다. 관계가 중요하다며 사람에 끌려다녔다. 날 위한 시간이 늘 부족했다. 시간을 잘 사용하기 위해서는 전략이 필요했다. 하루를 계획할 때 급한 일보다는 중요한 일을 우선순위에 두어야 한다. 중요한 일을 먼저 하고 나면 마음의 여유가 생겼다. 일상 속 틈새 시간을 잘 활용해야 한다. 틈새 시간을 활용해서 책을 읽고 산책을 하면 알차게 보낼 수 있다. 금요일 저녁이었다. 아이들 저녁을 챙겨 주고 남편과 데이트를 하기로 했다. 미리 검색해 두었던 동네 맛집에 갔다. 시간이 없어서 못 한다는 말은 더는 하지 않는다. 날 위한 시간을 가장 우선순위에 두었다. 시간을 낼 수 있었다. 더는 시간에 허덕이며 사는 사람이 아니다. 시간을 관리하며 알차게 살아가는 사람이다. 시간에 휘둘리는 것이 아니라 시간을 관리하며 살아가고 있다.

5.

엄마는
세상 전부다

청양에 있는 칠갑산 캠프장에 왔다. 6월 중순이지만 대낮은 한여름처럼 뜨거웠다. 내리쬐는 태양을 피할 곳이 없었다. 텐트를 쳐서 그늘을 만들어야 했다. 이글거리는 태양 아래에서 텐트를 치려니 고생스러웠다. 한 시간 정도 짐을 나르고 텐트와 씨름한 덕분에 텐트를 완성할 수 있었다. 은성이와 은지는 이번 캠핑을 썩 내켜 하지 않았다. 그래도 막상 나오니 좋은 모양이었다. 더위에 대비해 준비해 두었던 대형 선풍기를 꺼냈다. 대형 선풍기의 역할이 컸다. 그늘막으로 뜨거운 햇살을 가렸지만 열기는 피할 수 없었다. 대형 선풍기 앞에 옹기종기 모였다. 선풍기가 커서 시원했지만 그만큼 바람이 세고 소리도 컸다. 선풍기 바람에 테이블에 올려 두었던 화장지와 종이가 날아갔다. 은지는 선풍기 앞에 앉아서 얼음을 물고 있었다. 그래도 성에 차지 않는지 얼음으로 얼굴을 문질렀다. 어지간히 더운 모양이었다. 선풍기 앞에서 바람을 쐬니 더위가 식었다. 텐트 아래에서 은성이와 은지는 놀고 있었다. 흙과 나뭇가지로 노는 아이들을 보니 뿌듯했다. 평소에 회사 생활에 에너지를 모두 쓰고 와서 아이들과 놀지 못했다. 아이들 어렸을 때 많은 시간을 보냈어야 했는데 아쉬웠다. 이제라도 아이들과 노는 시간을 채우고 싶다. 총량의 법칙은 육아에도 적용된다. 엄마의 부족한 육아 시간을 늦게라도 채워야 한다. 아이들과 함께하기 위해서는 캠핑이 제격이었다. 자연 속에 있으니 컴퓨터, 스마트폰 등의 전자기기와 자연스럽게 멀어졌다. 흙과 나뭇가지, 돌멩이가 놀잇거리가 되었다. 캠핑은 아이들과 함께하는 시간을 내게 선물해 주었다.

은성이를 임신하면서 시어머니 집 근처로 이사를 왔다. 시어머니의 도움을 받기 위해서였다. 시어머니는 물심양면으로 육아와 살림을 도와주었다. 은성이와 은지는 시어머니를 잘 따랐다. 은성이와 은지를 시어머니는 업어서 키웠다. 아이들은 엄마처럼 키워 주신 할머니를 지금도 좋아한다. 시어머니는 본인 건강보다 아이들을 먼저 챙겼다. 은성이, 은지가 찾으면 자다가도 벌떡 일어났다. 10년 동안 아이 둘을 키우느라 남은 열정을 모두 불태웠다. 시어머니는 "나도 10년 전에는 한창이었어."라고 입버릇처럼 말했다. 10년 전 시어머니의 왕성했던 모습이 기억났다. 할머니의 열정을 갉아먹으며 아이들은 잘 자랐다. 낮에는 시어머니가 도와주었다. 저녁에는 남편이 집안일을 도와주고 아이들과 놀아 주었다. 농구 교실을 마치고 돌아오는 은성이는 아빠에게 전화를 걸었다. 아이들은 엄마보다 아빠에게 먼저 도움을 요청했다. 아이들은 살뜰히 챙기는 아빠와 정서적으로 친밀했다. 시어머니와 남편은 육아에 협조해 주었다. 덕분에 아이들은 콩나물처럼 쑥 쑥 자랐다. 시어머니와 남편은 거친 인생을 함께 헤쳐 나가는 협력자였다.

남편은 "내가 박민선이랑 결혼한 거야, 박 팀장이랑 결혼한 거야?"라며 불만을 토해 냈다. 집에 와서도 일 생각을 하는 나를 못마땅하게 생각했다. 부부 싸움에서 반복되는 레퍼토리였다. 집에 와서도 일 생각에 빠져 있다. 생각하다 보면 정신 줄을 놓게 되었다. 집에 오면 아이들에게 집중해야지 생각했지만 쉽지 않았다. 퇴근해서도 정리되지 않은 일들이 머릿속에 남아 있었다. 팀원들과의 관계나 조직을 어떻게 이끌어 갈 것인가 하는 생각이 대부분이었다. 생각이 딴 곳에 있으니 눈앞에서 일어나는 일에 집중하기 어려웠다. 놀이터에서 놀고 있는 은지를 따라다니고 있었다. 은지는 모래 놀이에 정신이 팔려 있었다. 은지가 놀고 있는 모습을 물끄러미 바라보았다. 어느새 일 생각을 하고 있었다. 집에 오면 일 생각이 났고 회사에 가면 집 생각이 났다. '지금 여기'에 온전히 집중하며 사는 건 내겐 어려운 과제였다. 일과 가정생활 모두 삐그덕거리고 있었다. 능력과 체력은 한계에 도달했다. 둘 다 내겐 너무나 중요했다. 어느 하나도 놓칠 수 없었다. 너무 중요하다고 생각한 탓이었을까. 많은 에너지를 소모했다. 하나를 선택해서 집중할 수밖에 없었다. 아이들은 남편과 시어머니께 맡겨 두고 일에 더 신경 쓰기로 했다. 둘 다 잘할 수는 없었다. 두 눈을 질끈 감았다.

휴대전화 사진첩을 뒤적거리고 있었다. 어렸을 적 은성이와 은지의 8년 전 사진이 나왔다. 시간이 나면 아이들 어렸을 때 사진을 들춰 보곤 한다. 오래 기억하고 싶은 순간들이다. 은성이는 길거리에 가다가도 노래가 나오면 몸을 흔들었다. 리듬에 몸을 맡겼다. 어딜 가도 흥이 났다. 은지는 늘 내 품에 안겨 있었다. 은지를 안고 있으면 체온이 심장으로 전해졌다. 내 품에서 잠든 은지는 새근거리며 자고 있었다. 아이들을 보고 있으면 은성이 은지의 엄마라는 사실에 가슴이 벅찼다. 은지, 은성이는 벌써 초등학생 4학년, 6학년이 되었다. 은성이는 이제는 가족 나들이에 따라나서지 않았다. 친구들과 게임 하는 게 더 좋을 나이였다. 가족이 함께 나오는 캠핑도 얼마 남지 않았다. 아이들과 함께하는 순간을 꽉 잡고 놓지 않을 것이다. 눈을 크게 뜨고 아이들의 모습을 눈과 마음에 담았다. 귀를 열어서 아이들의 소리를 들었다. 온 마음을 다해 자연을 느꼈다. 아이들이 자라면 언젠가 내 곁을 떠날 것이다. 아이들과 함께한 추억과 사진은 변하지 않는다. 아이들의 사진을 많이 찍어 두어야겠다. 아이들이 사춘기가 되어 갈등이 생기면 어릴 때 사진을 보며 마음을 달래고 싶다.

아프고 난 후 사람이 달라졌다는 소리를 종종 들었다. 삶을 대하는 태도가 달라졌다. 인생에서 소중한 것이 무엇인지를 다시 생각하게 되었다. 삶의 우선순위를 재배열했다. 내게 중요한 것은 일이 아니라 가족이었다. 이 대로 아파서 죽으면 어쩌나 하는 두려움은 삶을 다시 바라보게 했다. 마지 막까지 간절했던 마음은 엄마로 살고 싶었다. 종일 불리는 '엄마'라는 소리 가 기분 좋았다. "엄마~ 그림 좀 그려 봐.", "엄마, 이건 어때?", "엄마, 물 좀 줘", "엄마, 더워.", "엄마, 선풍기 방향 좀 틀어 줘." 두 아이가 연신 나 를 불렀다. 평소 같았으면 화를 냈을 텐데 슬그머니 웃음이 났다.

"그래! 내가 너희 엄마다." 아이들이 커서 어른이 돼도 언제나 만날 수 있 도록 곁에 있을 것이다. 엄마라고 불릴 때가 제일 좋다.

캠핑 나오면 일 생각은 하지 않기로 했다. 몸과 마음을 이곳에 머물겠다 고 마음먹었다. 자연을 보고 마음으로 느끼려 한다. 먼 산에 바람이 불었 다. 나뭇가지가 여기저기로 흔들렸다. 듣는 음악 때문인지 나뭇가지가 리 듬에 맞추어 흔들리는 듯 보였다. 내 어깨도 함께 덩실거렸다. 음악과 술에 취했다. 취한 나의 눈에는 모든 게 예뻐 보였다. 물빛 하늘 사이로 구름이 살짝 보였다. 하늘과 구름은 잘 어울리는 짝꿍이었다. 우리 가족처럼 말이 다. 작은 테이블에 몸을 쭈그리고 앉아서 그림을 그리는 은지는 제법 진지 했다. 유명 화가가 작품을 설명하듯 자신의 그림을 설명하는 데 심취했다. 은지는 자신의 작품에 빠져 있었다. 무엇을 그리려고 했는지 침 튀기며 설 명했다. 자세히 듣고 유심히 보아도 무슨 그림인지 이해가 안 되었다. 은지 의 작품을 이해하기엔 나의 상상력이 부족했다. 모두 이해할 순 없었지만,

은지를 바라보며 엄지 척을 했다. 은지는 손뼉을 치며 만족스러워했다. 그거면 충분했다. 엄마라고 해서 아이의 모든 걸 이해하는 것은 아니다. 아이와 마음이 통하고 나의 마음이 전달되면 그걸로 충분하다. 우리는 서로를 마주 보며 웃었다. 엄마의 응원은 아이에게 세상의 전부일지도 모른다.

6.

다정한
아빠가 좋아

'남편! 네가 최고다.' 힘든 순간 내 곁을 끝까지 지켜 준 사람은 남편이었다. 힘든 고비를 함께 한 후 남편을 대하는 마음이 달라졌다. 요즘은 종종 남편의 능력을 인정한다. 남편을 가만히 보고 있으면 친정 아빠 생각이 났다. 남편은 은근히 아빠와 닮았다.

고향은 푸른 바다가 있는 동해. '동해'라고 말하면 다들 동해안 중 어느 지역이냐고 되물었다. '동해'라고 하면 동해시가 떠오르는 게 아니라 '동해의 바다'가 떠올라서 재차 물어 왔다. '동해시'라고 또박또박 설명하면 그제야 이해하는 눈치였다. 친정 가는 길은 멀기만 했다. 대전에서 동해까지 5시간이 걸렸다. 먼 거리를 가니 하루만 있다 돌아오기는 아쉬웠다. 이번에는 명절 연휴에 휴가를 더하니 5일간 동해에 머물 수 있었다. 남편이 동해를 좋아했다. 결혼 전 남편과 궁합을 본 일이 생각났다. 남편에게는 '역마

살'이 있다고 했다. 말로만 듣던 '역마살'이라니 눈이 동그래졌다. 남편과 살다 보니 이해가 되었다. 남편은 가만히 집에 있는 사람이 아니었다. 주말이면 어디든지 돌아다녀야 했다. 남편과 내가 대전과 동해로 오가며 장거리 연애를 할 수 있었던 것도 '역마살' 때문일 수도 있었다. 남편은 동해에 갈 때마다 신바람이 났다.

동해는 늘 우리를 반겨 주었다. 친정 부모님이 건강하게 동해를 지키고 계신 덕분이었다. 일흔을 훌쩍 넘긴 친정 부모님들은 여전히 바쁘게 살고 있었다. 엄마는 쌍둥이 손주를 돌보느라 오빠 집과 친정집을 오가며 분주했다. 아빠는 30년째 택시를 운행하며 동해를 누비고 다녔다. 아직도 고향을 건강히 지키고 있는 부모님이 있어서 동해에 가면 힘이 난다.

친정집에 들어서니 엄마 냄새가 났다. 모두 엄마의 손길이 묻어 있는 집은 구석구석이 엄마였다. 이불에서도 엄마의 손길이 있었고 끼니마다 엄마의 정성이 느껴졌다. 빨리 친정집에 가서 엄마가 해 준 밥을 먹고 싶었다. 차를 오래 타서 몸이 피곤했다. 편한 옷으로 갈아입고 눕고 싶었다. 우리가 도착하자마자 친정엄마는 기다렸다는 듯이 한 상을 차려 냈다. 장거리 여행으로 피곤하고 배고플 텐데 배부터 채우라는 것이었다. 장거리 여행으로 입맛이 없었다. 입안이 텁텁하고 까끌까끌했다. 손을 내저으며 밥을 못 먹겠다고 했다. 결국, 엄마 손에 이끌려서 못 이기는 척 식탁에 앉았다. 언제 식탁 한가득 차려 냈는지 상다리가 부러질 지경이었다. 역시 엄마의 손맛은 최고였다.

식탁 한가운데 갈비가 자리를 차지하고 있었다. 내 눈에 띈 갈비는 위풍당당한 자태로 영롱한 빛을 내고 있었다. 양념으로 윤기 나는 갈비는 심지어 한우였다. '와!' 우리 가족은 일제히 감탄했다. 다들 친정엄마의 갈비에 죽고 못 산다. 식탁에 앉자마자 젓가락이 갈비로 향했다. 네 사람 모두 누가 먼저랄 것도 없이 갈비를 향해 젓가락을 내리꽂았다. 큼직한 갈비를 한 입 뜯고 나니 이제야 만족스러운 미소가 피어났다. "엄마의 요리 솜씨를 닮았으면 좋았을 텐데 요리 솜씨는 왜 안 닮았을까?"라고 하니 남편은 눈을 찡긋거리며 조금 닮았다고 말해 주었다. 엄마를 닮은 잠재된 실력이 발견될지도 모를 일이다. 이번 생을 마치기 전에 잠들어 있는 요리 솜씨가 터져 나오기 바랄 뿐이다.

애들의 키는 콩나물처럼 쭉쭉 길어졌다. 좁은 친정집에 끼어 자기에 불편해졌다. 우리 식구는 친정 부모님을 밀어내고 안방을 차지했다. 아이들 몸집이 커지니 안방에서도 네 식구가 자기 좁았다. 아이들 성화에 못 이겨서 이틀 밤 호텔에서 머물기로 했다. 아이들은 동해에 오면 은근히 호캉스를 기대했다. 호텔 라운지에서 거닐고 부대시설을 즐겨 보고 싶어서였다. 친정 아빠는 동해까지 와서 친정집이 아닌 호텔에 묵는 것에 마음을 썼다. 친정 아빠는 우리 식구에게 회를 사겠다며 가자고 서둘렀다. 아빠를 태우고 단골 횟집에 갔다. 임원항 부둣가에 있는 회 센터였다. 입이 떡 벌어진 건 푸짐한 양 때문이었다. 역시 회는 부둣가에 와서 먹는 게 제맛이다. 회를 한 젓가락 듬뿍 들어 올려서 입에 넣었다. 부드러운 식감이라 입에서 살살 녹았다. 은성이와 은지는 횟집에서 내어 준 채소와 회를 야무지게 싸 먹었다. 회까지 잘 먹으면 이제 돈 들어갈 일만 남았다. 우리 애들은 못 먹는 게 없었다. 나를 쏙 빼닮았다. 음식을 보면 사족을 못 썼다. 회가 나오자마자 덥석 달려드는 건 영락없이 내 모습이었다. 애들은 가리는 음식이 없었다. 고기, 해산물 모두 좋아한다. 은성이는 횟집에서 반찬으로 내어 준 샐러드를 두 번째 먹고 있었다. 이쯤 되면 횟집 사장님한테 눈치가 보였다. 횟집 사장님은 인심 좋게 넉넉하게 샐러드를 담아 주었다. 우리 가족이 배 두드리며 회를 먹고 나니 아빠의 얼굴이 활짝 폈다. "잘 먹어서 좋다."라고 말하며 흐뭇한 미소를 보였다. 난 아빠에게 엄지 척을 보여 주었다. 기분 좋아진 아빠는 호탕하게 웃었다. 아빠는 횟집을 나오면서 갓 나온 꽈배기를 파는 가게가 있으니 사러 가자고 했다. 마흔이 넘은 딸인데 맛있는 음식을 보면 입에 넣어 주고 싶은데 아빠의 마음이다. 하나라도 더 먹이려는 아빠의 마음은 사랑이었다. 어둠이 내려앉은 밤이 되었다. 내 마음에 등불 하나를 켰다. 친정 아빠의 사랑은 온기가 되어 마음을 데웠다.

대전으로 돌아가는 날이다. 아빠와 마지막 식사를 하기로 했다. 약속했던 시간이 넘었지만 아빠는 오지 않았다. 택시 운전 중이라고 해도 벌써 오고 남을 시간이었다. 식당 앞에 나가서 한참을 기다리는데 아빠 모습이 저

멀리에서 보였다. 아빠의 손에는 검은색 봉지가 들려 있었다. 마중 나온 나를 보더니 함박 웃었다. 아침에 택시 운행해서 벌어 온 오만 원과 따뜻한 꽈배기를 내 손에 쥐어 주었다. 꽈배기를 사러 일부러 돌아온 모양이었다. 아빠의 마음을 자식이 어떻게 다 헤아릴 수가 있을까. 가슴이 시려 왔다. 아빠에게 환한 미소로 답했다. 아빠는 나의 미소에 만족스러운 얼굴이었다. 고향에 가면 엄마, 아빠가 나를 맞아 주었다. 여전히 가슴이 벅찼다. 얼마 지나지 않아 동해가 다시 그리워질 것이다. 동해는 엄마, 아빠의 품이니까. 가만히 보고 있으니 남편은 친정 아빠와 참 닮았다. 다정한 모습은 영락없는 아빠의 모습이었다. 첫 만남에서 남편에게 끌린 이유를 알 거 같다. 다정한 아빠의 모습이 남편에게 보여서 친근하게 느껴졌다. 남편 역시 딸에게 다정한 아빠다. "은지야, 꼭 아빠 같은 남자 만나서 결혼해야 해."라고 했다. 은지는 무슨 말이냐고 되물었다. "은지야, 아빠같이 자상한 남자를 만나야 여자가 행복해."라고 대답했다.

7.

휴직해서
다행이야

은지가 입학했다. 내 품에 안겨 쌔근쌔근 자던 아기가 초등학생이 된다니 믿기지 않았다. 첫째인 은성이의 초등학교 입학할 때와 마음이 달랐다. 유난히 은성이에게 기대가 많았다. 학교생활을 잘하고 공부도 잘했으면 좋겠다. 친구들과 잘 어울렸으면 좋겠다. 초등학교 1학년 입학시키면서 무슨 기대를 그리도 많이 했는지 참 터무니없다. 둘째를 학교에 입학시키는 마음은 달라졌다. 학교생활에 적응하지 못하면 어쩌지. 친구를 잘 사귈 수 있을지. 둘째를 입학시키면서는 모든 게 걱정되었다. 아이 둘을 키우면서 첫째와 둘째는 시기마다 다른 마음을 갖게 되었다. 둘째는 첫째 때 경험했던 일이기에 기대를 내려놓고 유연하게 생각할 수 있었다.

은지는 입학 전에 준비 사항이 많았다. 여학생의 학용품 준비는 끝이 없었다. 입학 물품은 준비가 다 되었다. 은지는 책가방, 신발 주머니를 썼다

풀었다 하길 벌써 여러 번이다. 새로 산 가방을 메고 시도 때도 없이 거실에서 걸었다. 입학 준비를 위한 은지의 요구사항은 다양했다. 학용품을 사 달라는 건 이해했다. 학용품을 사고 나니 이번에는 친구까지 구해 달라고 했다. 친구를 사귀고 싶은 마음은 이해가 되었다. 코로나바이러스가 유행하는 시기에 친구를 어디서 구한단 말인가. 친구 좋아하는 은지에게 이번 방학은 유난히 길고 지루했다. 유치원 졸업식 이후로 입학까지 꼬박 2개월이었다. 영락없이 집에 있을 수밖에 없었다. 코로나바이러스의 전파는 좀처럼 줄어들지 않았다. 은지가 친구와 놀기 어려운 상황이었다. 심심한 날이면 놀이터에 혼자 놀았다. 혼자 그네를 타다가 들어오는 날도 있었다. 엄마로서는 애가 타는 노릇이었다. 그나마 내가 휴직이라 집에 있어서 다행이다. 은지 곁에서 마음을 알아봐 주고 다독일 수 있었다. 내가 바빴으면 미처 아이의 마음을 알지 못했을 것이다. 지루해하는 아이들 곁에 함께하며 시간을 보냈다.

코로나로 인해 활동이 자유롭지 않았다. 집에서 아이들과 소소한 일상을 함께했다. 휴직하지 않았더라면 아이들을 꼼꼼하게 챙기지 못했을 것이다. 출근할 때는 시어머니와 남편이 아이들을 돌봤다. 은성이와 은지에게 엄마가 채워야 하는 자리는 따로 있었다. 은지는 오늘따라 더 심심하다고 칭얼거렸다. 당장 친구를 데려오라고 떼를 썼다. 어쩔 수 없이 소영이 엄마에게 전화를 걸었다. 은지가 심심해하면 친구 엄마에게 연락을 해서 만나곤 했다. 평소 은지 친구의 연락처를 알아 두어서 다행이다. 쉬고 있으니 가족들에게 신경 쓸 수 있었다. 아이들과 남편, 시어머니까지도 내 손길을 기다렸다. 내가 일했으면 어쩔 뻔했는지 의문이 들었다. 남편은 아이들을 혼자 키우는 기분이라고 했다. 시어머니는 체력이 예전 같지 않다고 힘들어했다. 시어머니의 무릎 통증은 점차 심해지고 있었다. 시어머니의 무릎 수술을 더 늦출 수가 없었다. 시어머니는 며느리의 암 치료가 아직 안 끝났으니 무릎 수술을 나중에 하겠다며 극구 미뤘다. 움직일 때마다 시어머니는 신음 소리를 냈다. 수술을 더 미룰 수 없었다. 불편한 다리로 항암 치료 중인 나를 돕겠다고 나섰다. "어머니, 제발 수술하세요." 더는 두고 볼 수 없었다. 수술이라는 게 다 때가 있는 법이었다. 더 늦으면 안 된다고 생각했다. 마음이 조급해졌다. "이번에는 제발 제 말 좀 들으세요."라고 어머니를 재촉했다.

아이들이 엄마보다 아빠를 더 많이 찾는다. 남편은 꼼꼼하게 아이들을 잘 챙겼지만 지쳐 있었다. 어느 날 "왜 우리 애들은 엄마를 안 찾고 아빠를 찾는 걸까?"라고 내게 물었다. 모르겠다고 대답했지만 그럴 만도 했다. 아이들과 함께하는 시간이 남편이 더 많았다. 아빠와 더 친밀한 건 자연스러운 일이었다. 아이들에게 남편은 해결사였다. 내가 일을 하는 동안 남편은 홀아비처럼 아이들을 키웠다. 은성이가 유치원을 다닐 때 엄마 없는 아이라는 소문이 난 적이 있었다. 지금 생각해도 웃지 못할 일이다. 가족들은 나의 손길 결핍 상태에 빠져 있었다. 직장 다닌다고 바쁘다고만 했다. 조금 더 신경을 썼으면 어땠을까 싶다. 지금이라도 늦지 않았다. 휴직한 게 다행이다. 가족들과 작은 일상을 나누며 함께할 시간은 충분했다.

은지 소원은 놀이터에 나갈 때 할머니가 아니라 엄마와 같이 나가는 것이다. 친구들은 엄마와 놀이터에 함께 나왔다. 은지는 엄마와 놀이터에 나오는 친구를 부러워했다. 친구들은 놀이터에서 놀다가 커피숍으로 이동하는데 이때 엄마가 있어야 따라갈 수 있다고 했다. 학용품을 사러 갈 때 엄마와 함께 가고 싶어 했다. 학원이 끝날 때 엄마가 데리러 오길 바랐다. 학교에 데려다주는 사람이 엄마였으면 했다. 잠깐 데리러 갈 때도 화장하고 옷을 예쁘게 입으라고 했다. 은지의 요구사항은 끝이 없었다. 엄마와 함께하는 시간이 부족해서 엄마 결핍증이 생긴 건 아닐까. 은지에게 바쁜 엄마였다. 늘 시간이 없다는 말을 입에 달고 살았다. 아이들에게 엄마가 필요한 건 한때다. 아이들이 나를 찾는 것도 잠시일지도 모른다. 아이들은 금방 자라서 언젠가는 내 곁을 떠날 것이다. 지금이라도 부족했던 시간을 채워야 한다. 휴직을 하니 알 수 있었다. 가족들에게 결핍의 싹이 자라고 있었다. 더 늦지 않게 아이들과 함께할 수 있어서 다행이다. 아무도 대신할 수 없는 엄마의 자리는 따로 있다. 다른 누가 채울 수 있는 게 아니었다. '엄마의 시간'을 이제라도 채울 수 있어서 다행이다.

살다 보니 멈춰서 돌아보는 시간이 필요했다. 달리는 말에서 갑자기 멈추는 건 쉬운 일이 아니었다. 바쁘게 살며 인생을 빠른 속도로 달리고 있을 때는 주변이 보이지 않았다. 멈추고 난 후에야 마음과 몸을 살펴볼 수 있었다. 쉬는 시간은 나를 점검하는 시간이 되었다. 내가 어떤 삶을 살아가고 하는지. 무엇을 중요하게 생각하는지. 어떨 때 행복한지를 자신에게 물어야 했다. 살다 보니 살아가고자 했던 인생이 아니라 반복된 일상을 살고 있었다. 일부러라도 잠시 멈추라고 권하고 싶다. 휴직을 통해 부족했던 엄마의 자리를 조금씩 채우고 있다. 나의 휴직은 시어머니와 남편을 육아에서 해방시켰다.

가족들을 위해 저녁 한 끼는 정성스럽게 준비했다. 저녁 시간은 온 가족이 모여서 대화를 나누는 시간이었다. 하루 동안 고생한 가족들에게 맛있는 저녁을 해 주고 싶었다. 돼지고기를 듬성듬성 썰었다. 양파와 당근을 깍둑깍둑 썰었다. 마트에서 사 온 돼지갈비 양념과 간장을 적당한 비율로 넣고 설탕을 두 숟가락 듬뿍 넣었다. 나만의 수제소스가 완성되었다. 돼지고기와 채소에 양념을 부었다. 1시간 재워 두었다가 푹 졸였다. 오늘은 엄마표 돼지갈비가 완성되었다. 외할머니의 명품 갈비는 아니지만 제법 먹을 만했다. 갈비와 김치찌개가 식탁 위에 올라갔다. 은성이는 엄마 요리가 최고라며 띄워 주었다. 남편은 저녁을 먹으니 하루의 피로가 풀린다고 했다. 가족들이 모이는 저녁 식사는 멋진 요리는 아니더라도 정성스럽게 준비하고 싶었다. 나의 사랑이 담긴 저녁 식사로 가족들은 행복했다.

저녁 시간은 하루 중 가장 행복한 시간이 되었다. 일을 내려놓으니 정성
스럽게 음식을 준비할 수 있었다. 휴직은 내게 일보다 더 중요한 것이 있다
는 걸 알게 해 주었다. 휴직이 가족과 충분히 함께할 시간을 주었다. 당장
내게 일어난 일이 좋은 일인지 나쁜 일인지 알 수 없다. 나쁜 일이라고 실
망하기보다는 잘 견디다 보면 좋은 일이 분명 올 것이다.

8.

행복!
내 손에 있다

조바심이 났다. 결혼하면 남들처럼 행복해질 줄 알았다. 결혼했지만 행복은 내 손에 잡히지 않았다. 어떻게 해야 행복해질 수 있을까. 나의 '행복 결핍증'에 대한 처방이 무엇일까. 답을 찾고 싶어서 책을 뒤적거렸다. 어디에도 똑 부러지는 답은 없었다. 친구들에게 '어떻게 하면 행복해질 수 있어?'라고 물었다. 친구들은 인생 별거 없다며 시큰둥한 반응을 보였다. 먹고살기도 바쁜데 무슨 행복 타령이냐고 말하는 친구도 있었다. 이대로 행복해지길 포기할 수는 없었다. 아직 남은 날이 많았다. 앞으로도 지금처럼 살 수는 없었다. 이제라도 해답을 찾아 행복을 내 손에 넣고 싶었다.

해운대 도착해서 바다를 보는 순간 이곳에 반했다. 함께 바다를 보고 있던 선영이에게 행복하냐고 물었다. 선영이는 "민선아, 바다 너무 예쁘다.

난 지금이 행복해."라고 대답했다. 바다를 물끄러미 바라봤다. 잔잔히 밀려오는 파도에 함께 감탄했다. 한동안 바다에서 눈을 떼지 못했다. 선영이와 함께 바라보는 해운대는 멋졌다. 선영이가 바다가 예쁘다고 하니 내 눈에도 바다가 예쁘게 느껴졌다. 선영이는 행복해지는 방법을 알고 있는 것 같았다. 행복한 순간에 머물고 나누었을 때 행복은 커졌다. 행복하다고 말하고 나누니 행복에 머물 수 있었다. 선영이는 내게 물었다. "우리 행복하게 잘 살고 있는 거야. 너 행복하지 않아?" 어쩌면 지금이 행복일지도 모른다. 단지 평범해서 행복인 줄 모르고 있었던 건 아닐까.

이번 부산 여행은 선영이네와 우리 가족이 함께 왔다. 여행은 선영이와 나의 소소한 대화에서 시작되었다. 두 여자는 하고 싶은 일은 꼭 해야 했다. 남편들은 두 여자의 극성에 고개를 내저었다. 남편들은 만난 지 얼마 되지 않아서 친해졌다. 극성 아내와 사는 고충을 알기에 쉽게 마음을 터놓을 수 있다고 했다. 고단한 남편들의 이유 있는 결탁이었다. 며칠 전 선영이와 전화로 나누었던 해운대 여행은 현실이 되었다. 달빛이 은은하게 바다를 비추었다. 반짝거리는 바다를 보고 있으니 마음이 고요했다. "아, 너무 좋다."라는 말이 스스럼없이 나왔다.

해운대 바다를 즐기는 사람들은 대체로 젊었다. 그들은 술과 바다에 취해서 다른 사람의 시선 따윈 상관하지 않았다. 우리는 해변에서 바다를 즐기는 사람들을 구경했다. 서서히 해운대에 동화되고 있었다. 분위기에 취한 걸까. 바다에 취한 걸까. 바다가 더 아름다웠다. 우리는 해운대 모래 위에 돗자리를 깔고 앉았다. 맥주를 홀짝거리니 세상 부러울 게 없었다. 밤하늘을 푸른 별이 수놓았다. 해운대를 즐기는 사람들에 비교해 나이가 많다. 술 한 잔의 취기를 빌려 함께했다. 한참 떨어진 곳에서 아이들의 목소리가 들렸다. 우리 아이들이었다. 밀려오는 파도 앞에서 바다를 즐기고 있었다. 아이들의 목소리는 점점 커졌다. 왁자지껄한 웃음소리가 파도치는 소리와 함께 들려왔다. 아이들은 온전히 즐기고 있었다.

다음 날 부산 여행 코스는 감천문화마을이었다. 9월인데 아침부터 푹푹 쪘다. 더 자고 싶다는 아이들을 깨워서 일찍 나왔다. 감천문화마을을 알차게 즐기기 위해서였다. 감천문화마을은 6.25 전쟁 당신 피난민들에 의해 마을이 만들어졌다. 도시 재생 사업을 통해 재탄생하게 되었다. 마을은 아기자기하니 예뻤다. 이곳은 아이들이 체험하며 시간을 보내기 제격이었다. 더운 날씨에도 불구하고 아이들의 발걸음은 가벼웠다. 꼬불꼬불한 길을 따라 구석을 누비고 다녔다. 소품 가게가 여러 군데가 있었다. 열쇠고리 만들기, 거울 만들기 등 아이들이 좋아하는 체험이 가득했다. 지도를 따라 방문하는 곳마다 스탬프를 찍어 주었다. 지도에 그려진 곳은 한 군데도 빠뜨리지 않고 들릴 기세였다. **아이들은 지금에 충실했고 노는 데 진심이었다.**

남편은 "너 술 먹어도 돼?" 잔소리했다. 건강상 술을 마시면 안 된다는 것은 알고 있었다. 한 잔은 괜찮다며 술잔을 챙겨서 앞에 놓았다. "나도 한

잔 줘. 여행 와서 술이 빠지면 아쉽지." 자리를 잡으며 비집고 들어갔다. 피로가 밀려왔다. 맥주 한 모금을 마시니 시원했다. 부산 여행의 마지막 밤이었다. 아쉬운 마음을 나누며 나중에 다시 올 것을 약속했다. 무거운 눈꺼풀을 이기지 못하고 먼저 잠자리에 들었다. 감천문화마을 구석을 누비고 다닌 아이들은 이미 곯아떨어졌다. 아이들의 잠든 얼굴에는 행복이 피어올랐다. 잠든 얼굴에도 웃음기가 남아 있는 아이들을 보고 있으니 미소가 절로 나왔다.

우체통을 보니 엽서가 와 있었다. 엽서를 보낼 사람이 없는데 고개를 갸우뚱했다. 자세히 보니 부산 여행하면서 보낸 '1년 후 편지'였다. 시간은 빠르게 흘러 벌써 1년이 지났다. 엽서를 받아 보니 작년 부산 여행이 기억났다. 당시 행복한 마음을 엽서에 담아 보려고 한 글자씩 정성스럽게 적었다. 엽서에는 '지금의 행복을 기억하자.'라고 적혀 있었다. 일상이 여행처럼 즐거울 수만은 없다. 여행은 일상에서의 일탈이며 삶의 작은 조각일 뿐이다. 여행처럼 특별한 일이 있어야 행복하다면 인생에서 누리는 행복은 작아질 수밖에 없다. 일상에서도 행복을 찾아야 한다. 여행은 여행대로 일상은 일상대로 제맛의 즐거움을 찾으면 된다. 일상에서 행복을 발견하려면 노력이 필요하다. 눈을 크게 뜨고 촉을 세워서 일상의 작은 행복을 찾아보자. 행복도 습관이다. 작은 행복을 크게 느끼는 습관은 삶을 행복으로 채워 줄 것이다.

5장

이제라도 깨달아
다행이다

지친 날이면 '포기'와 '용기' 사이에서 쉴 새 없이 오가며 갈등했다. 나에게 '할 수 있다'라는 말을 수백 번 한 후에야 한 걸음을 내디딜 수 있었다. 힘들 때일수록 응원을 나에게 해 줄 수 있어야 한다. 내가 있어야 세상이 존재한다. 세상에 '나'는 오직 한 명뿐이다. 나를 진정으로 사랑하는 사람이 '나'여야 한다. 더 일찍 알았더라면 좋았을 뻔했다. 이제라도 깨달아서 참 다행이다.

'나사랑'으로
변화된 아침

'카톡! 카톡!' 소리에 부스스하게 잠에서 깼다. '멘탈 파워 성공스쿨' 커뮤니티 회원들은 부지런히 아침을 열고 있었다. 6개월 전부터 멘파성의 회원이 되었다. 회원들과 함께 '나 사랑'을 실천하고 있다. 미소 셀카를 올리고 아침 확언을 녹음해서 보냈다. 회원들은 힘찬 하루를 보내라고 나를 응원했다. 매일 하다 보니 이제 습관이 되었다. 그레첸 루빈의 『나는 오늘부터 달라지기로 결심했다』에서 습관은 보이지 않는 곳에서 우리의 인생을 설계한다고 했다. **우리의 행동 중 40%는 습관으로 굳어져 매일 반복하며 살고 있다. 습관이 삶에 미치는 영향은 대단하다.**

'멘탈 파워 성공스쿨' 커뮤니티와 인연이 된 것은 발표불안 극복 스피치 수업을 듣고 난 후였다. 강연을 잘하고 싶어서 수업을 듣기 시작했다. 줌 수업으로 일주일에 한 번 진행되었다. 강사의 열정적인 강의를 듣고 있으면 수업 시간은 금방 지나갔다. 수업의 핵심은 자존감을 높여 어디에서나 자신 있게 발표하는 것이다. 수업 때마다 즉흥 스피치 미션이 주어졌다. 발표 후에는 칭찬과 피드백을 했다. 피드백을 토대로 연습을 하면서 자신감이 조금씩 올라갔다. 어제의 '나'보다 오늘의 '나'가 조금 더 성장하면 된다. 듣기만 하는 수동적인 수업이 아니라 능동적으로 참여해야 한다. 서로 피드백을 주고받았다. 피드백은 나의 스피치를 객관적으로 알 기회가 되었다. 회원들의 발표를 듣고 피드백을 제공해야 하니 끝까지 긴장을 늦출 수 없었다.

이왕 시작했으니 명품 스피치 강사가 되고 싶었다. 적극적으로 참여하고 자신 있게 발표할 수 있었으면 좋겠다. 처음에는 수업이 부담스러웠다. 수업에 참여하는 데는 용기가 필요했다. 처음에는 쑥스러웠지만, 수강생들과의 긍정적인 피드백을 들으니 힘이 났다. 나의 순서가 되었다. 회원들이 내 이름을 부르며 응원했다. 나의 목소리가 커졌다. 발표가 끝나니 잘한 점을 찾아서 칭찬해 주었다. 발표하고 피드백을 받은 후에 나의 장점을 알게 되었다. 목소리가 예쁘고 자연스럽게 발표한다고 했다. 연습하고 남들 앞에서 발표하는 경험이 쌓여 갔다. 발표에 대한 불안은 조금씩 줄었다. 연습만으로 극복하기 어려운 점이 있었다. 원인을 찾던 중에 자신 있는 스피치는 자존감에서 나온다는 것을 알게 되었다.

발표 불안의 원인을 해결하기 위해서는 마음속의 자리 잡은 열등감과 마주해야 했다. 초등학교 4학년 때 리코더 발표를 망치면서 친구들 앞에서 부끄러웠던 기억이 났다. 친구들이 쳐다보는 상황에서 당황하고 얼굴이 빨개졌다. 리코더의 음절은 기억나지 않았다. 결국, 리코더를 불지 못하고 내려왔다. 그 후로 발표에 대한 불안이 생겼다. 발표 때마다 '남들 앞에서 실수하면 어떻게 하지?'라는 걱정을 하게 되었다. 앞에 나가면 얼굴이 빨개지고 목소리가 떨렸다. 발표하는 자리가 있으면 피하려고만 했다. 발표하려면 두근거리고 얼굴이 빨개지는 나를 이제야 이해할 수 있었다. 그럴 수 있다고 나를 토닥였다. 나를 사랑하는 것이 먼저다. 나를 적극적으로 응원하기 위해 '나 사랑' 훈련을 함께 했다. 미소 셀카, 아침 확언, 자기 칭찬, 감사, 나에게 선물 등 5종 세트로 구성되어 있다. 아침에 일어나면 긍정 확언부터 외친다. 입꼬리를 올리고 미소 셀카를 찍었다. 긍정 확언을 큰 목소리로 외치니 아침을 힘차게 시작하게 되었다. 발표를 멋지게 하는 건 오래전부터 꿈꿔 오던 일이다. 발표를 잘하기 위해서는 연습과 기술이 필요하다는 것은 알고 있었다.

　수업을 들으며 알게 된 것은 자존감을 높여야 한다는 것이었다. 자존감을 높이는 게 우선이다. 발표 불안은 많은 사람들이 느끼는 현상이다. 가슴이 두근거리고 목소리가 떨리는 건 가장 많이 겪는 증상이다. 발표 불안이 있는 사람 중 극복하는 사람이 있고 극복하지 못하는 사람이 있다. 발표를 못 했다고 하더라도 다시 시도하는 사람은 성장할 수 있다. 실패한 후 다시 일어서느냐 못 일어서느냐에 따라 극복 여부가 결정된다. 결국, 회복 탄력성에 달려 있다.

 '나 사랑' 훈련은 회복 탄력성을 높이는 핵심이었다. 매일 하는 '나 사랑 훈련'은 이제 습관이 되었다. 카톡이 울렸다. 멘파성 회원들이 미소 셀카를 올리는 소리였다. 출근하면서 미소 셀카를 찍어서 보냈다. 표정이 밝아졌다고 답글이 올라왔다. 칭찬을 듣고 나니 콧노래가 절로 나왔다. 서로의 응원에 힘입어 힘차게 하루를 시작했다. 기분이 좋아서 웃는 걸까. 웃으니 좋은 일이 생긴 걸까. 뭐가 먼저인지 중요하지 않다. 지금 웃고 있다는 사실이 중요하다. 웃고 나니 기분 좋은 일이 생길 거 같았다. 신은 감당할 수 있는 고통만 준다고 했던가. 신은 나에게 아픔을 주었고 극복할 수 있는 회복 탄력성도 주었다. '나 사랑' 훈련을 통해 예전과는 차원이 다른 아침을 맞았다.

 유방암 치료와 회복은 자신과 싸움이었다. 힘든 순간에 나를 지켜 준 것은 이겨 낼 수 있다는 긍정적인 마음이다. 유방암에 걸리기 전으로 돌아가고 싶었다. 김주환 저자의 『회복 탄력성』에서는 '긍정성 향상은 여유와 사치의 문제가 아니다. 누구에게는 죽고 사는 문제이다. 우리 국민 모두에게 긍정성 향상은 필요하다.'라고 했다. 우울하고 힘들 때 나를 지켜 준 것은 긍정적인 마음과 실천이었다. 미소 셀카와 아침 확언은 우울증을 이겨 내고 힘든 시기를 견딜 수 있게 해 주었다. '나 사랑'을 실천하고 함께하는 '멘탈 파워 성공스쿨'이 있어서 다행이다. 미소 셀카를 올리고 감사한 점을 기록했다. "잘하고 있어요. 할 수 있어요. 응원합니다."라는 글이 올라왔다. 응원을 들으니 힘이 났다. 매일 하는 '나 사랑' 훈련은 습관이 되었다. 이제 힘들이지 않고 반복하고 있었다. '나 사랑' 훈련으로 낙관성을 길렀다. 낙천성이 타고난 것이라면 낙관성은 노력을 통해 기를 수 있다. 살면서 어쩔 수 없이 힘든 일을 만나기도 한다. 평소에 훈련된 낙관성은 스트레스를 견디는 데 도움이 된다. 반복했던 긍정 훈련은 어려운 순간에 힘을 발휘할 것이다.

2.

이기적이면
어때

　웨인 다이어의 『행복한 이기주의자』에서는 "나의 가치는 다른 사람에 의해 검증될 수 없다. 내가 소중한 이유는 내가 그렇다고 믿기 때문이다. 다른 사람으로부터 나의 가치를 구하려 한다면 그것은 다른 사람의 가치가 될 뿐이다."라고 했다. 다른 사람의 가치로 살아가고 있는 것은 아닐까. 타인에게 이기적으로 보일까 두려워 아닌 척 애쓰며 사는 건 아닐까. 이기적이더라도 나는 나로 살고 싶다.

　어릴 때부터 내성적이고 착한 아이였다. 주변 어른들로부터 조용하고 착하다고 칭찬받았다. 청소년기에 접어들면서 착하다는 말에 의식하게 되었다. 착하다는 말은 착해야 한다는 말로 들렸다. 착하다는 말을 들으면 불같이 화를 내기도 했다. 중학생이 되면서 친구들과 어울려 다니며 놀고 싶었다. 부모님의 간섭이 듣기 싫었다. 호르몬의 영향인지 감정이 들쑥날쑥했다. 친구들과 놀러 다니고 집에 늦게 들어갔다. 중학교 2학년 되던 해 친구들과 독서실을 다니기 시작했다. 공부를 핑계로 부모님의 간섭을 피할 수 있었다. 칸막이 안의 책상이 가장 편안한 공간이 되었다. 독서실은 나의 놀이터였다. 라디오를 듣고 일기를 썼다. 책을 보기도 하고 상상의 나래를 펼치기도 했다. 독서실은 나를 허용하는 유일한 공간처럼 느껴졌다. 감정 변화가 크고 열등감이 많은 청소년기를 보내고 있었다. 조용하고 수줍음이 많아서 남들 앞에 서는 게 쉽지 않았다. 자신 있고 잘 노는 친구가 부러웠다. 친구들은 방학이 되면 야영을 계획했다. 다들 신나 보였다. 함께 가고 싶었지만, 외박이 허용되지 않아 결국 따라가지 못했다. 친구들과 주말이 되면 시내에 나가서 분식을 먹고 영화를 보러 갔다. 시내에서 놀고 있을 때 영락없이 가장 먼저 전화 와서 불려 들어가는 사람은 '나'였다. 실컷 놀아 보는 게 소원이었다.

초등학교 때 아빠의 사업 실패로 경제적인 어려움을 겪었다. 엄마는 가계부를 쓰며 알뜰히 살았지만 살림은 쉽게 나아지지 않았다. 엄마는 당장 소소한 돈벌이라도 해야 하는 상황이 되었다. 그 시절 엄마는 자주 앓아누웠다. 초등학교 3학년이 되던 해 엄마는 일주일 동안 자리보전하고 누워 있었다. 엄마 옆에 있어도 나를 쳐다보지 않았다. 엄마 옆에 조용히 누웠다. 엄마의 깊은 한숨이 간간이 들렸다. 엄마는 세상 모든 게 귀찮다는 듯이 한쪽 팔로 눈을 가리고 있었다. 학교에 갔다가 돌아오면 다시 엄마 옆에 누웠다. 일주일 만에 엄마는 자리를 털고 일어났다.

그해는 엄마의 나이가 39세였다. 그 후로 엄마는 '아홉수'는 넘기 힘든 고비라고 말했다. 내가 가장 싫어하는 숫자가 39였다. 우연인지 몰라도 유방암을 진단받은 나이도 39세였다. 진료 접수증에 선명하게 39세라고 쓰여 있었다. 내가 착한 딸이 된 건 엄마의 39세 이후부터였다. 누워 있는 엄마가 숨을 쉬고 있는지 확인했다. 엄마를 위해 내가 할 수 있는 일이 무엇인지 생각했다. 할 수 있는 건 아무것도 없었다. 조용히 기다려야 했다. '엄마가 죽으면 나는 어떻게 살지?'라고 생각했다. 엄마를 위해 아무것도 할 수 없다는 생각은 두려움이 되었다. 세상에 덩그러니 혼자 남겨진 느낌이 들었다. 나에게 유방암이 찾아온 나이도 39세였다. 아이러니하게도 어린 시절 고비와 연결된 숫자였다. 꾹꾹 눌러 둔 아픈 기억은 어둠과 함께 나를 찾아왔다.

엄마가 말하지 않아도 엄마의 기분을 살피는 아이로 자랐다. 겉으로 보기에는 문제없는 청소년이었다. 남들이 보기에는 조용하고 순탄한 거처럼 보였다. 겉과 다르게 나의 마음은 들끓고 있었다. 단지 표현하지 않았을 뿐이다. 어느 날 갑자기 엄마의 착한 딸로 살아가기 싫어졌다. 방문을 쾅 닫고 나왔다. "엄마는 왜 나한테 아무것도 안 해 주는 거야? 다른 엄마들은 다 해 주더라"라고 결국 엄마의 속을 긁고 말았다. 엄마가 해 주고 싶어도 넉넉하지 않은 살림에 어쩔 수 없다는 것을 잘 알고 있었다. 나의 부모가 남들처럼 살림이 여유 있었더라면 얼마나 좋았을까. 마음속에는 결핍의 싹이 자라났다.

『행복한 이기주의자』 책을 보는 순간 제목에 사로잡혔다. 이기적으로 살고 싶었다. 나의 행복을 가장 먼저 챙기고 싶었다. 어떻게 하면 행복할 수 있을지 궁금했다. 나는 '행복한 이기주의자'가 되고 싶었다. 결혼 초기 남편의 불만은 예고 없이 터지는 나의 감정 폭발이었다. 꾹꾹 눌러 참았다가 더는 견딜 수 없을 때 감정을 토해 내곤 했다. 평범한 주말이었다. 아이들은 거실에서 놀고 있었다. 남편은 컴퓨터를 붙잡고 있었다. 설거지하다 말고 울음이 터졌다. 그동안 쌓아 두었던 감정이 한꺼번에 쏟아졌다. 바닥에 앉아서 한참을 '꺽꺽' 소리 내서 울었다. 뭐가 그리도 서러운지 내 마음을 잘 몰랐다. 감정이 절제되어 있거나 과하게 표현되었다. 아리송한 감정은 나의 숙제였다. 정신건강 간호사가 된 것은 나의 감정이 궁금했기 때문이다. 내 감정을 모르니 감정 표현에 서투를 수밖에 없었다. 타인의 감정에 맞추면서 살았다. 자신과의 관계를 잘 맺어야 타인과의 관계를 잘 맺을 수 있었다. 나의 감정을 존중하고 이해하는 것이 먼저였다. 나의 감정을 이해하기 위해 상담을 받기도 하고 공부를 했다. 나의 노력은 직업으로 연결되었다. 다른 사람의 마음을 듣는 일을 20년째 하고 있다. 마음을 이해하기란 참 어려운 일이다.

정신분석 공부를 하게 되었다. 프로이트의 정신분석 이론에 따르면 태어나서 5년 이내 성격이 형성된다. 환경과 부모를 선택해서 태어난 사람은 없다. 태어난 환경에 적응하며 살아가는 게 전부다. 생후 5년 동안은 양육자에 의존해서 살 수밖에 없는 미약한 존재다. 자신의 노력에 의해서가 아니라 양육자에 의해 성격이 결정된다. 이미 형성된 성격은 바꿀 수가 없다는 결론이다. 나 역시도 어린 시절의 경험은 어른이 된 후에도 영향을 미쳤다. 학창 시절 결핍은 타인의 눈치를 보는 사람으로 성장하게 했다. 결혼후에도 소심하고 자신감이 없었다. 나의 감정을 표현하는 데 서툴렀다. 수많은 경험과 남편의 배려를 받으면서 조금씩 달라지게 되었다. 감정에는 옳고 그름이 있는 것이 아니다. 감정이 일어나는 데는 이유가 있다. 감정을 알아차리고 이해하는 시간이 늘어나면서 감정 표현은 한결 부드러워졌다. 세월이 지나면서 '감정의 엇박자' 문제는 조금씩 해결되고 있었다. 감정은 살아가는 데 걸림돌이라고 생각했다. 하지만 감정은 내가 원하는 것이 무엇인지 알게 해 주는 이정표였다. '행복한 이기주의자'가 되기 위해서는 자신이 원하는 것이 무엇인지 알아야 한다. 이기적이면 어떤가. 원하는 것을 알고 행동으로 옮기는 사람이 되어야 한다.

3.

내 감정은
늘 소중해

두 아이는 초등학생 고학년이 되었다. 이젠 엄마를 챙기기도 한다. 자신의 의사를 명확히 밝힌다. 문제가 생기면 도움을 요청한다. 집에 혼자 있어도 간식은 충분히 챙겨 먹을 수 있다. 아이들은 내 손이 없어도 될 정도로 자랐다. 여전히 아이들 공부와 또래 관계 등 신경 써야 할 일은 많지만, 몸은 편해졌다. 이젠 '아이들 때문에'라는 핑계가 더는 통하지 않는다. 구차한 변명은 그만하기로 했다. 건강에 문제가 생긴 후부터 운동이 필요하다는 것을 알고 있었다. 시작이 쉽지가 않았다. 저녁에 남편과 함께 걷기로 했다. 매일 걸으면 좋지만 날씨에 영향으로 못 걷는 날도 많았다. 나에게 딱 맞는 운동이 무엇인지 찾고 있었다. 고민 끝에 요가를 등록하기로 했다. 요가에 해 본 적이 없으니 내게 맞는 운동인지 알 수가 없었다.

무조건 시작하기로 했다. 과감하게 6개월 회원권을 끊었다. 장기 회원권을 끊은 후 요가가 맞지 않으면 돈을 버리게 된다. 대부분 사람들은 일일 강좌를 체험 후에 회원권을 끊는다. 회원권을 미리 끊어 두면 돈이 아까워서라도 나가겠지 싶었다. 요가는 시작부터 쉽지 않았다. 동작이 낯설고 용어가 생소했다. 어영부영 동작을 따라 하다 보니 한 시간이 훌쩍 지났다. 요가 수업을 시작한 지 5분 만에 '왜 하필 요가를 선택했을까.' 후회했다. 정신없이 동작을 따라 하면 시간이 지나갔다. 수업이 다 끝나 갈 때면 해냈다는 생각에 뿌듯해졌다. 강사의 큐에 따라 호흡을 깊이 들이마셨다가 내쉬었다. 얼굴에는 희미한 미소가 번졌다. 요가를 마칠 때는 기분이 좋아졌다. 어쩌면 요가와 친해질 수 있을 거 같았다. 원장님의 큐가 들렸다. "나를 안아 줍니다. 수고한 나를 토닥여 줍니다."라고 했다. 요가는 마무리되었다.

차를 타서 집으로 빠르게 몰았다. 하루가 꽉 차게 느껴졌다. 요가를 시작하길 잘했다. 태생부터 뻣뻣한 몸이라 요가는 불가능해 보였다. 안 되는 동작을 따라 하는 나의 몸부림이 눈물겨울 정도였다. 요가 수업은 매번 나를 진땀 빼게 했다. 흉내라도 내 보려고 애를 쓰니 요가를 하고 나면 온몸이 뻐근했다. '아이고!' 모르는 사이 곡소리가 나왔다. 요가를 시작한 지 한 달이 된 날이었다. 퇴근 시간에 맞춰 카드를 찍으려고 사무실 문 앞에 줄을 서 있었다. 재빨리 사무실을 나왔다. 요가 수업에 늦지 않기 위해서였다. 매일 하는 요가는 습관이 되어 있었다.

데보라 아델의 저서 『야마 니야마』는 요가를 안내하는 책이다. 책을 읽던 중 '온 마음을 통해 삶 속으로 뛰어들어라.'라는 문구를 읽었다. '아픈 후 내게 또 힘든 일이 오면 어떡하지.'라는 두려움에 휩싸이곤 했다. 언제나 도망칠 준비가 되어 있었다. 요가를 하는 동안 고통스러운 순간과 마주하게 되었다. 조금 더 깊은 자세를 만들기 위해 견뎌야 하는 시간이었다. 요가를 하는 동안 만나게 되는 육체적인 고통보다 더 힘든 것은 복잡한 생각이었다. 요가에 집중하는 고요한 순간에 어김없이 복잡한 생각들이 찾아왔다. 힘든 일을 피하려고 할수록 상황은 꼬여 갔다. 오히려 힘든 상황에 마주했을 때 해결 방안이 생겼다. 요가를 하는 동안 복잡한 생각들을 알아차리고 흘려보냈다. 요가는 몸과 마음의 소리에 집중하게 해 주었다.

'왜 나는 이렇게 감정적일까.'라고 자주 생각했다. 감정적인 모습이 마음에 들지 않았다. 돌아보면 감정은 꼭 나쁜 것만은 아니었다. 감정을 통해 내가 원하는 것을 알게 되기도 했다. 이제 45세가 되었다. 30대에는 40대가 되면 자연스럽게 감정을 잘 다루게 될 거로 생각했다. 나이가 든다고 자연스럽게 알게 되는 것이 아니었다. 감정 다루는 법을 알아 가고 배워 가는 노력이 필요했다. 감정은 억제할수록 커지기도 했다. 오히려 감정을 인정하고 달래면 금방 사라지기도 했다. 어린 시절에는 마흔이 넘으면 삶의 경험과 지혜를 갖추어 어른이 되어 있을 줄 알았다. 마흔다섯 살이 되어서야 감정에 더 솔직해지는 쪽을 선택했다. 힘들면 힘들어하고 슬프면 앉아서 우는 편이 낫다는 것을 알았다. 그렇다고 감정을 누군가에게 모조리 쏟아내자는 말이 아니다. 내 감정은 내가 알아주면 된다. 마흔이 넘고 나서야 알았다. **힘든 일이 내게 올 수 있으며 감정은 숨길 수 있는 게 아니다. 힘든 일과 마주할 용기와 감정을 스스로 다독일 수 있어야 한다.**

친정엄마에게 요가를 시작했다고 말했더니 "옆집 할머니가 요가 하다가 다리를 다쳤어. 조심해."라고 대답했다. 더 늦기 전에 요가를 시작하길 잘했다. 5년 전에 요가를 시작한 친구는 요가 강사를 할 정도의 실력을 갖추었다. 5년은 친구를 요가 베테랑으로 만들어 놓았다. 남과 비교할 필요는 없다. 각자에게 시작하는 시기는 다르다. 이제라도 시작하면 되는 것이다. 하루 일정 중에 요가를 가장 우선순위에 두었다. 하루라도 빠지지 않고 요가수업에 출석하는 것을 목표로 했다. 요가를 시작한 지 6개월이 지나서야 요가를 즐길 수 있었다. 누군가 취미가 뭐냐고 물으면 '요가'라고 자신 있게 말할 수 있다. 앞으로 요가를 지속하면서 몸을 단련시킨다면 친구처럼 베테랑이 될지도 모른다. 하고 싶은 일이 있다면 늦기 전에 시작하라고 권하고 싶다. 좋아하는 일을 선택하면 어려운 상황에 부딪쳐도 이겨 낼 수 있다. 감정을 알아차리고 내가 원하는 것을 찾아야 한다. 중요한 선택이라면 감정을 먼저 살펴보는 것이 좋다. 감정의 소리를 귀 기울여 들으면 결정하지 못해 망설이는 시간을 줄일 수 있다.

4.

중요한 것을
선택할 용기

결혼해서 아이 둘을 키우면서 나만의 시간을 갖기는 어려웠다. 일상을 살아 내기도 빠듯했다. 삶을 주도적으로 살아가는 것이 아니라 삶에 끌려다니고 있었다. 중요한 것을 선택하고 덜 중요한 일들은 과감하게 정리하기로 했다. 소중한 사람을 만나는 일을 우선순위에 두었다. 보고 싶은 친구를 만나는 일을 더 미루지 않기로 했다. 아픈 후에 알았다. 소중한 사람을 언제나 만날 수 있는 게 아니었다. 세월이 지나서 시간이 생기면 건강이 허락되지 않을 수도 있는 일이었다. 마음이 여유 있고 일상이 한가한 날은 앞으로도 오지 않을 수도 있다. **소중한 사람을 만나기 위해 기꺼이 시간을 내기로 했다.**

미주가 대전에 왔다. 오랜만에 친구가 대전에 왔다니 얼굴을 보고 싶었다. 미주는 5년 전부터 요가를 시작했다. 전국에 요가를 배우러 다녔다. 요가 지도자 과정을 여러 번 배웠으며 요가 강사를 해도 손색이 없을 정도로 실력을 갖추었다. 이번에는 교육을 받는 곳이 대전이었다. '크리스탈 싱잉볼'을 배우러 왔다. 1박 2일 과정이었다. 미주는 일행이 있다며 다음에 만나자고 했다. 서로 마음을 내면 만날 수 있는 거리에 있다고 생각했다. 각자 사정이 있었다. 미주는 지인과 함께 있었다. 나는 아이들을 돌보는 상황이었다. 우리는 만나기로 했다. 아이들 간식을 챙겼다. 이제 아이들끼리 집에 있을 수 있는 나이가 되었다. "엄마, 미주 이모 만나러 갔다 올게."라고 말하고 집을 나섰다. 아이들은 시원하게 손을 흔들었다.

지하철을 타고 유성온천역에서 내렸다. 역에서 요가원까지는 10분 거리에 있었다. 역에서 내려서 조금 걷다 보니 2층에 금원요가원 간판이 보였다. 전통 있는 요가원이라고 들었다. 간판에서 세월이 느껴졌다. 요가원 앞을 서성거렸다. 미주가 끝날 시간이 되었는데 연락이 되지 않았다. 요가원에서 나오는 사람은 없었다. 그때 미주에게 카톡이 왔다. 수업이 늦게 끝날 거 같다고 했다. 2층 요가원으로 슬그머니 올라갔다. 작은 창문으로 요가원 안을 빼꼼 들여다봤다. 접수대에는 아무도 없었다. 한창 수업이 진행되고 있었다. 문을 열고 들어가서 문틈 사이로 들여다보았다. 수업이 끝나려면 한참 더 걸릴 거처럼 보였다. 뒤꿈치를 들어 사뿐히 걸었다. 조용히 문을 닫고 내려왔다. 요가원 앞에 버스 정류장에 앉았다. 8월 말이었다. 해가

지면서 저녁이 오고 있지만, 도로는 여전히 후끈거렸다. 도로의 열기가 온몸으로 전해졌다.

기다리는 시간 동안 책을 읽기로 했다. 가방에 있는 책을 꺼냈다. 손에 잡힌 책은 김종원 저자의 『글은 어떻게 삶이 되는가』였다. '쓰는 일은 곧 사랑하는 일이다. 그리고 그 사랑은 일상에서 시작해야 한다.'라는 문장이 눈에 들어왔다. 마음에 새기고 싶은 문장이었다. 책을 읽고 있는 사이에 여러 대의 버스와 여러 사람이 지나갔다. 책을 읽고 있는데 미주 목소리가 들렸다. "민선아." 미주 목소리가 점점 가까워졌다. 고개를 들어 보니 요가복을 미처 갈아입지 못한 채 미주가 달려 나왔다. 미주는 멀리까지 어떻게 왔냐며 반가워했다. 미주 얼굴에 미소가 환하게 피어 있었다.

친구는 언제든 만날 수 있다고 생각했다. 바쁘다는 핑계를 대는 사이에 시간은 흘러가고 있었다. 아이들이 어릴 때는 '애들 때문에'라고 했다. 직장 다니면서는 '일 때문에'라고 했다. 일상을 살다 보니 소중한 사람을 만난 시간은 없었다. 시간은 나는 게 아니었다. 기꺼이 시간을 내는 것이었다. 아픈 후 시간이 기다려 주지 않는다는 것을 알게 되었다. 다르게 살기로 했다. 하고 싶은 일이 있다면 지금 할 것이며 만나고 싶은 사람이 있다면 제주도라도 달려갈 것이다.

미주와 함께 온 지인과 저녁 식사를 했다. 나의 맞은편에 함께 온 지인이 앉았다. 자세히 보니 배가 불룩했다. 배를 쓰다듬는 모습을 보니 임신 중이었다. "임신 중인데 요가 괜찮아요?"라고 물었다. 요가가 너무 좋아서 조심스럽게 하고 있다고 대답했다. 그녀는 엄마가 좋아하는 걸 하면 태교가 된다고 자신 있게 말했다. 당당한 모습이 멋지게 느껴졌다. 두 사람은 여러 가지의 난관에도 불구하고 기꺼이 자신이 원하는 것을 하고 있었다. 집으로 돌아오는 길에 뒷좌석 미주와 나란히 앉았다. 미주는 연신 쫑알거렸다. 요가가 얼마나 좋은지 전하고 싶어 했다. 한층 고조된 목소리로 자신이 좋아하는 것을 설명하고 있는 미주의 얼굴에는 빛이 났다. 좋아하는 일을 하는 사람들은 미주처럼 얼굴에서 빛이 날지도 모른다. 미주를 오랜만에 만나 얼굴 보고 대화를 나눌 수 있었다. 짧은 만남이었지만 고향 친구를 만난 건 기분 좋은 일이었다. 예전 같았으면 각종 핑계를 대며 미루었을지도 모른다. 소중한 사람을 만나기 위해 기꺼이 시간을 내기로 했다. 미주를 만나러 오길 참 잘했다. 오늘이 아니었으면 한참 시간이 지난 후에야 만날 수 있었을 것이다. 내가 중요하다고 생각하는 일에 시간을 기꺼이 내며 살아갈 것이다.

5.

소소한 행복이
쌓일 때

정신없이 살다 보니 하루가 훌쩍 지나갔다. 바쁘긴 한데 실속 없이 느껴졌다. 사람은 의식하지 못하지만, 하루에 오만가지 이상의 생각을 한다. 오늘 나는 무슨 생각으로 살았을까. 매일 무의식적으로 반복되는 생각으로 하루를 보내고 있는 건 아닐까. 무의식의 반복되는 힘은 강했다. 노력하지 않아도 반복되는 하루는 금방 지나갔다. 내가 잘 살고 있는지 의문이 들었다.

남편과 함께 등산을 왔다. 얼마 전에 남편은 블랙야크의 100대 명산을 등산하기 시작했다. 초짜인 나는 무슨 자신감인지 남편을 따라나섰다. 남편과 함께 등산을 온 건 두 번째였다. 집에 있기에도 더운 8월 말이었다. 이 더위에 고생을 자처했다고 생각하니 후회가 되었다. 산을 오르기 전부터 숨이 막혔다. 정상까지 갈 수 있을지 걱정이다. 평소에 하는 운동이라곤 하루에 1시간 걷는 게 고작이다. 준비 없이 갑자기 블랙야크에서 추천하는 명산을 오른다니 무리였다. 등산이 시작도 되기 전 입구를 걸으면서 알았다. 산을 보니 오르기 쉽지 않아 보였다. 괜한 짓을 했다. 등산 난이도 '하'라는 소리에 가볍게 다녀올 거로 생각했다. 가볍게 경치를 구경하려는 마음으로 따라나섰는데 초입부터 돌이 많고 길이 순탄치 않았다. 산에 오를 수 있을지 겁이 났고 심상치 않았다. 영동 천태산 등산로는 흙이 보이지 않았으며 대부분이 암벽이었다. 남편이 슬쩍 장갑을 내밀었다. 불길한 예감이 들었다. 바위를 손으로 잡고 올라야 하는 구간이 있을지도 모른다.

갑자기 눈앞에 굵은 루프가 나타났다. 루프를 잡고 오르라고 했다. 루프를 붙들고 중간쯤 올랐다. 아래를 내려 보니 순간 아찔했다. 다리가 후들거렸다. 산에 올라가지도 내려가지도 못하는 상황이 되었다. 어정쩡한 자세로 루프를 잡고 숨을 허덕거리고 있었다. 심장이 두근거리는 소리가 바로 귀 옆에서 들리는 듯했다. 나도 모르게 거친 말을 쏟아 냈다. "여보! 나를 이런 험한 곳에 데리고 오면 어떻게 해. 미리 말을 하든가." 생각해 보니 남편은 등산 전에 갈 수 있겠냐고 여러 번 내게 확인했었다. 결국, 내가 우겨서 온 것이다. 오늘 하기로 한 등산 코스에 루프 구간이 무려 다섯 개나 된다고 했다. 겨우 한 구간을 지나왔다. 두 번째 루프가 보였다. 루프를 잡은 팔이 떨렸다. 루프를 잡은 상태로 암반에 털썩 주저앉았다. 난감했다. 이대로 올라온 길을 다시 내려갈까 생각했지만 쉬운 일이 아니었다. 왜 등산을 따라왔는지 후회뿐이었다.

그때 남편이 손을 내밀었다. 남편의 손을 잡으니 나를 끌어당겨 주었다. 남편의 도움으로 고비를 넘길 수 있었다. 오르고 또 올랐다. 산을 오르다 보니 나무가 그늘이 되어 주었다. 눈앞에 정상이 보였다. 나를 끌고 정상까지 오르느라 진땀을 뺀 남편은 한숨을 몰아쉬고 있었다. 다시는 나와 등산하지 않겠다고 했다. 그럴 만도 했다. 한숨을 돌리고 나서야 멋진 경치가 눈에 들어왔다. 힘들게 올라온 보람이 있었다. 땀이 식으니 몸이 개운했다.

여름 산은 싱그러웠다. 짙은 초록빛에서 생명력이 느껴졌다. 가슴이 크게 부풀 때까지 숨을 들이마셨다. 몸에 맑은 산소로 가득 채워지는 느낌이었다. 깊은 호흡으로 배를 불룩 채우고 다시 내뱉었다. 배는 올챙이처럼 부풀었다 꺼졌다. 혈관을 따라 산의 맑은 산소가 전달되길 바랐다. 등산하는 동안 다물고 있던 입이 트였다. "와! 멋지다. 좋네. 이 맛에 등산하는 거지." 감탄사가 절로 나왔다. 정상에서 내려다보는 경치는 일품이었다. 남편은 천태산 정상이 멋지다는 소리를 들었다며 한 번은 꼭 와 보고 싶었다고 했다. 남편은 한참을 산 아래를 바라보고 서 있었다. 산에 오르는 동안 정신이 없어서 경치를 즐길 겨를이 없었다. 정상에 올라서야 아름다운 경치를 눈에 담을 수 있었다. 남편은 예쁜 경치를 보면서 산을 올랐다고 했다. 여유가 있어야 즐길 수 있는 법이다. 애초에 감당할 수 있는 산을 정했어야 했다. 목표를 정하는 것은 중요하다. 목표를 높게 설정하면 실패할 확률이 높다. 목표가 낮으면 성장할 기회가 없다. 이번 등산은 내게 버거운 코스였다. 이번 등산을 통해 깨닫게 되었다. 스스로 할 수 있는 목표를 정하는 것이 핵심이다. 그러기 위해서는 내가 할 수 있는 것이 어느 정도인지 먼저 알아야 한다.

매일 같은 날이 반복되었다. 무료하게 반복되는 일상에선 열정을 찾아볼 수 없었다. 이은대 저자의 『일상과 문장 사이』에서는 '지금 어떻게 생각하고 판단하여 선택할 것인지. 무엇에 집중하고 연습하고 훈련할 것인지 오직 그것뿐이다.'라고 했다. 나는 무엇에 집중하고 사는 것일까. 바쁘다는 이유로 목표 없이 사는 것은 아닐까. 위의 문장을 메모지에 적어 책상 앞에 붙였다. 지금 무엇에 집중하고 연습할 것인지 정해야 한다. 그러지 않으면 10년이 지나고 20년이 지나도 바쁜 일상에 허덕이며 살고 있을지도 모른다. 매일 독서를 목표로 정했다. 책상에 붙여 둔 메모지는 빛을 발했다. 메모지를 붙인 지 6개월이 지났다. 꾸준하게 읽고 있었다. 틈만 나면 책을 읽었고 어딜 가도 손에는 책이 있었다. 찬바람이 불어왔다. 코끝이 시렸다. 생각보다 계절은 빠르게 지나갔다. 지나간 시간과 함께 6개월간 읽은 책들은 쌓여 가고 있었다. 읽고 쓰는 삶을 반복하고 있었다. 포기하지 않으면 읽은 책과 쓴 글은 쌓여 갈 것이다.

'빨리'라는 말을 달고 살았다. '빨리'라고 말하며 재촉한다고 성과를 이뤄 내는 것이 아니었다. '빨리'라는 단어는 바쁜 마음을 표현하는 수식어일 뿐이다. 마음이 바쁠수록 남는 게 없었다. 아침 출근길이었다. 유튜브 채널 '채환의

귓전 명상'을 듣고 있었다. 시간이 없다는 생각에 2배속 빠르게 틀어 두었다. 빠르게 듣고 다른 영상을 보기 위해서다. 두 배로 빠르게 틀어 둔 유튜브 음성을 들으니 웃음이 났다. 진지한 명상 영상이 가볍고 우스꽝스러운 영상으로 변했다. 시간을 아끼고 더 많은 것을 담고 싶었다. 오히려 빠르게 들으니 아무것도 기억에 남지 않았다. 기억에 남는 것이 없으니 시간을 낭비한 셈이다. 엘링 카게 저자의 『남극으로 걸어간 산책자』 책이 내 손에 들려 있었다. '걷는 속도를 높이면 자연히 적은 것들에 집중하게 된다.'라는 문구가 눈에 들어왔다. 남들을 쫓아가느라 바쁘게 살아왔다. 바쁘게 살았지만 결국에는 삶의 만족이나 소소한 행복을 놓치고 말았다. 가장 소중한 것을 놓치고 살아온 셈이다. 주변을 살펴볼 여유가 없었다. 행복은 결과가 아니라 과정에서 얻게 된다. 인생을 알차게 살아 내는 방법은 순간을 즐기고 음미하는 데 있다. **속도를 낮추고 주변을 돌아보면 더 많은 것들을 얻을 수 있다.** 계절의 변화를 알아차리고 길가에 핀 꽃을 자세히 바라보며 살고 싶다. 소소한 일상의 행복을 놓치지 않으며 살아갈 것이다.

6.

순간을 즐기면
그만인걸

꿈꾸던 인생은 어디 있는 걸까. 행복은 잡힐 듯 잡히지 않았다. 행복이 나를 비켜 가는 건 아닐까. 행복한 순간이 있었을지도 모른다. 행복할 땐 그게 행복인 줄 몰랐다. 행복이 지난 후에야 '그때가 행복했었지'라고 알아차리곤 했다. 행복은 한 발짝 뒤에 있었다. 남들이 가진 행복을 갖기 위해 부지런히 살았다. 20대, 30대는 남들 쫓아서 살기 바빴다. 바쁘게 살다 보면 성공할 수 있을 거라 믿고 싶었다. 성공을 손에 잡기도 전에 건강은 쉽게 무너졌다. 건강과 함께 일상이 흔들렸다. 모든 게 한 번에 무너진 그날 답답한 가슴을 내 손으로 두드렸다. 일상 속에 있던 소소한 행복을 놓치고 살았다는 것이 안타까웠다.

늘 행복하다고 말하는 선영이를 보면 알 수 있었다. 행복하다고 말하면 행복해졌다. 아름답다고 감탄하면 더 아름답게 느껴졌다. 소소한 즐거움이 쌓이니 즐거운 인생이 되었다. 행복은 스스로 찾아가는 것이다. 지난날을 생각하면 행복한 순간에도 흠뻑 빠지지 못했다. 내게 가진 걸 잃으면 어쩌나 두려워했다. 더 갖고 싶은 욕심은 시간이 지날수록 심해졌다. 물질적인 욕망은 쉽게 채워지지 않았다. 내일을 걱정하느라 오늘을 즐기지 못했으니 가까이에 있는 행복이 보일 리 없었다. 아픈 후에 삶은 언젠가 끝난다는 것을 체험하게 되었다. 지금이 전부다. 내일은 오지 않을지도 모른다. 내일을 위해 오늘을 허비하는 것을 그만두기로 했다.

아이들을 키우면서 여행을 자주 다녔다. 여행을 가면 식당과 숙소를 잡아야 했다. 어김없이 여행 경비와 가성비를 따졌다. 조금이라도 아끼려고 싼 곳을 찾아다녔다. 알뜰하게 살아서 집을 장만하면서 생긴 대출을 빨리 갚고 싶었다. 여행을 즐기겠다고 시간 내어 멀리까지 왔다. 가성비를 따지느라 머리가 지끈거렸다. 남편은 나를 짠순이라고 불렀다. 식당에 가서 음식을 남을 정도로 넉넉하게 시켜 본 적은 없었다. 아들은 어릴 때부터 남다른 식성을 가지고 있었다. 일곱 살이 된 은성이는 유치원 급식을 세 번씩 먹었다. 보다 못한 담임 선생님은 너무 많이 먹어서 걱정이라며 내게 상담을 요청해 왔다. 은성이는 일곱 살 때부터 어른이 먹을 만한 한 그릇을 뚝딱 해치웠다. 여행 가면 은성이에게 적당한 양만 시켜 주니 아쉬워했다. 남편도 모자란 음식의 양이 아쉬운 모양이었다. 식구들은 여행 가면 풍족하게 먹으려 했다. 음식을 넉넉하고 풍족하게 먹는다는 것은 큰돈 드는 것이 아니었다. 조금 아끼려다 기분을 망칠 수도 있겠다고 생각했다. 한두 푼 아끼는 것보다 여행을 즐기는 것이 먼저다. 가족들의 요구를 들어주기로 했다. 여행을 가면 지역 맛집을 탐방하는 것은 큰 즐거움이다. 여행 때는 남더라도 더 넉넉하게 주문하여 풍족하게 먹는다.

공휴일 아침이었다. 아이들과 집에서 쉬고 있었다. 창밖을 바라보니 햇살에 눈이 부셨다. 좋은 날씨가 아까웠다. 급하게 나들이를 가기로 했다. 오늘 갈 곳은 부여의 백제문화단지였다. 부여 가는 길은 비포장도로라 울퉁불퉁한 길을 지나야 했다. 오랜만에 가는 시골길이라 느리지만 정겹게 느껴졌다. 이 차선 도로에서 앞차는 저속으로 달리고 있었다. 좀처럼 길을 내주지 않았다. 앞차는 너무 느렸다. 도로가 좁아서 차선 변경이나 끼어들기는 불가능했다. 앞차를 따라갈 수밖에 없었다. 조급한 마음이 들었지만 어쩔 수 없으니 주변 경치를 즐기기로 했다. 여행길에서는 예상하지 못한 일이 생기곤 한다. 계획한 시간에 한참 늦었다. 운전하는 신랑은 참다못해 불만을 늘어놓았다. 그때 뒤따라오던 택시가 빵빵거렸다. 답답한 마음이야 이해하지만, 앞차가 막고 있으니 어쩔 수 없었다. 앞차가 속력을 내는가 싶더니 다시 느려졌다. 그 순간 '쿵!' 소리가 났다. 교통사고가 난 소리였다. 어리둥절하며 상황을 파악해 보니 따라오던 택시가 급브레이크를 밟으면서 뒤차와 부딪혔다. 삼중 충돌처럼 보였다. 백미러로 사고 현장을 보며 놀란 가슴을 쓸어내렸다. 우리 차 사고가 아니라서 다행이다.

뒤에 쫓아오던 택시 기사의 답답한 마음은 이해가 됐다. 택시 기사는 빵빵거리며 불편한 마음을 노골적으로 표현했다. 우리도 답답했지만 어쩔 도리가 없었다. 느리게 가는 차를 뒤따라가며 경치를 즐겼다. 답답한 마음을 진정시켰다. 어쩔 수 없는 상황이니 받아들이는 편이 나았다. 마음을 진정시키고 천천히 달려서 사고를 피할 수 있었다. 만약 우리 차가 사고 났다고 생각하니 아찔했다. 답답한 상황을 잘 참았다. 불평을 입에 달고 사는 사람에게 좋은 일이 생길 리 없다. 계획대로 되지 않더라도 그 순간을 즐기면 된다. 차 사고로 놀란 마음을 잊고 여행을 즐기기로 했다. 부여 맛집 삼정 식당에 도착했다. 대기표를 받고 기다렸다. 대기하는 사람들이 꽤 많았지만 바로 줄어들었다. 우리 차례가 되었다. 넉넉하게 주문하기로 했다. 냉면 4개, 접시 고기 2접시, 밥 2공기를 시켰다. 충분히 먹고 남을 정도였다. 우여곡절 끝에 식당에 도착해서 늦은 점심을 먹어야 했다. 아이들은 배고프고 지쳐 있었다. 식탁 위에 주문한 고기와 냉면이 나왔다. 허겁지겁 먹기 시작했다. 은성이는 고기 한입을 물더니, '음~' 감탄했다. 나도 고기 맛을 봤다. 맛은 기대 이상이었다. 다들 실컷 먹고 배를 두드렸다. 은성이와 은지는 흡족한 표정이었다. 은성이는 "이 식당 진짜 맛집이네."라고 하며 활짝 웃었다. 아이들의 배부르고 만족스러운 표정을 보니 행복했다.

나들이 가는 길에 예상치 못한 난관을 만났다. 속도 느린 차를 따라가며 인내심이 필요했다. 많은 시간을 할애한 후에야 목적지에 도착할 수 있었다. 사고를 목격하며 가는 길은 험난했다. 맛있는 음식을 먹고 나니 이전의 사고는 금방 잊었다. 아이들에게 지난 사고는 안중에도 없었다. 삼정 식당의 맛있는 음식만 기억되었다. 우리 가족에게 먹는 즐거움은 컸다. **미래를 위해 조금 아끼는 것보다 지금 배부르게 먹는 것이 '행복'이다. 행복, 별거 아닐지도 모르겠다.** 가족과 맛있는 것을 먹고 함께 웃을 수 있다면 그걸로 됐다. 바로 내 앞에 있는 행복을 놓치지 않기로 했다.

7.

언제나 내 곁에
있어 준 가족

  캠핑을 시작한 지 이제 3년이 되었다. 제법 능숙한 캠퍼가 되었다. 캠핑하면서 추억이 하나둘 쌓여 갔다. 5월이 되면 추암캠핑장을 그리워한다. 지난해 봄에는 추암캠핑장에서 3박 4일 캠핑을 했다. 캠핑장 바로 앞에 바다가 있었다. 텐트 안에 있어도 파도 소리가 들려왔다. 우리는 푸른 바다와 파도 소리에 매료되었다. 빛으로 반짝이는 물결을 보고 있으면 눈을 뗄 수 없었다. 시간은 흘렀고 다시 5월이 되었다. 1년 만에 추암캠핑장을 찾았다. 멀리서 바다가 보이자 아이들은 환호했다. 확 트인 바다를 보고 있으니 가슴이 뻥 뚫렸다. 거침없이 트인 바다와 푸른 산이 함께 어우러진 추암은 최고의 명소다. 동해는 나의 고향이다. 어렸을 때부터 자라던 곳이라 더 그리웠는지도 모른다. 코끝으로 바다의 짠내를 맡으니 고향에 와 있는 것이 실감이 났다. 오늘 저녁에는 텐트로 특별한 손님을 초대했다.

사촌 동생 민지네였다. 사는 게 뭐가 그리 바쁜지 제부와 인사하는 것이
처음이었다. 민지와 제부는 아이들을 데리고 캠핑장으로 왔다. 제부는 치
킨을 양쪽에 들고 있었다. 조카들은 못 알아볼 정도 커 있었다. 민지네 부
부와 우리 부부는 테이블을 사이에 두고 마주 앉았다. 오랜만에 만난 민지
부부와의 대화는 시간 가는 줄 몰랐다. 사촌 동생 민지와 나는 다섯 살 차
이가 났다. 오랜만에 만났는데 어딘가 모르게 닮은 모습이 보였다. 두 여자
는 '부부는 함께하는 취미가 있어야 한다.'에 입을 모았다. 남편은 나와 민
지를 번갈아 쳐다보며 말했다. "처제는 언니랑 똑같아." 민지와 나는 눈이
마주쳤다. 우리는 서로 닮은 걸 안다는 눈빛을 주고받았다.

남편과 함께하는 취미가 하나쯤은 있어야 한다고 생각했다. 우리가 함께
하는 취미는 캠핑과 등산이다. 결혼 후 시간이 지날수록 남편과 취미를 함
께 하는 것은 어려운 일이라는 것을 알게 되었다. 남편은 혼자 가고 싶다고
표현하기도 했다. 캠핑을 오면 힘든 일은 대부분 남편의 몫이 되었다. 텐트
를 준비하고 설치하기까지 여간 손이 많이 가는 게 아니었다. 캠핑 때마다
남편이 무거운 짐을 싣고 텐트를 쳤다. 남편에게 캠핑은 취미가 아니라 책
임이고 의무일지도 몰랐다. 남편 덕분에 나머지 식구들은 캠핑을 즐길 수
있었다. 자연 속에 있으면 아픈 날에도 고통을 잊을 수 있었다. 산과 바다
를 보고 있으면 자잘한 고민은 별일 아닌 거처럼 느껴졌다. 캠핑을 나가서
만난 사람들과 말이 잘 통했다. 같은 관심사가 있으니 공감대는 쉽게 형성

되었다. 야외 나와서 먹는 음식은 입맛을 돋우었다. 아이들과 함께 자연 속에서 놀고 떠들며 행복한 시간을 보낼 수 있었다. 웃고 떠드는 사이 시간은 흘러갔으며 치료는 끝나 있었다. 치료를 받는 동안 캠핑은 도피처가 되었다. 가족들은 군소리 없이 함께해 주었다. 힘들 때도 아플 때도 가족이 늘 내 곁에 있었다.

유난히 일에 집착하면서 살았다. 늘 가정보다 일에 집중해서 사는 거 같아서 자책하던 시절이 있었다. 젊었을 때 조금 더 부지런히 벌어서 경제생활에 도움이 되고 싶었다. 일에 집착했던 이유는 조금 더 여유 있게 아이들을 키우고 싶어서였다. 맞벌이하며 바쁘게 살았지만, 생활은 넉넉해지지 않았다. 결혼해서 3년 만에 집을 마련했다. 집과 어마어마한 대출도 함께 갖게 되었다. 이후로 대출에 저당 잡힌 인생을 살게 되었다. 맞벌이했지만 통장에 돈이 쌓이지 않았다. 매달 들어온 월급은 카드값으로 빠져나갔다. 남는 게 없는 인생 같아서 힘이 빠졌다. 노력한 만큼 성과가 없다고 생각했다. 가만히 들여다보니 성과를 찾을 수 있었다. 아이들은 건강하게 잘 자랐다. 우리 가족에게는 추억이 쌓이고 있었다. 아이들은 캠핑 다니면서 자연과 친해졌다. 산과 바다, 강으로 옮겨 다녔다. 텐트 치고 자리 잡은 곳에서 적응을 해 나갔다. 가는 곳마다 새로운 사람을 만났고 알아 가면서 다양한 경험을 하게 되었다. 내가 바라보던 세상이 전부가 아니라는 것을 알게 되었다. 캠핑은 나와 아이들을 성장시켰다. 아이들은 자연스럽게 자연을 좋아하게 되었다.

　항암 치료는 몸만 힘든 게 아니었다. 정신적으로 고통스러웠다. 몸과 마음은 연결되어 있다. 몸이 힘드니 마음이 무너지는 것은 한순간이었다. 체중이 빠지고 피로감이 늘어 가는 만큼 자신감도 함께 떨어졌다. 치료로 일상적인 활동이 제한되었다. 항암 치료로 빠진 머리카락을 가리기 위해 가발을 썼다. 피로감을 지우기 위해 화장을 짙게 했다. 빨간 립스틱을 발랐다. 남들에게 초췌해진 모습을 들키고 싶지 않았다. 피부색은 화장으로 가릴 수 있을지 몰라도 우울한 마음을 지울 수는 없었다. 몸도 마음도 내 마음대로 되지 않아서 포기하고 싶을 때 내 곁에는 가족이 있었다.

　첫 번째 항암 주사를 맞았다. 부작용으로 머리카락이 빠지기 시작했다. 12일째 되는 날부터 머리카락이 몽땅 흘러내렸다. 은성이가 나를 쫓아다녔다. 빠지는 머리카락이 신경 쓰였던 모양이었다. 은성이는 떨어진 머리카락을 돌돌이로 주웠다. 며칠을 내 뒤를 쫓아다니던 은성이는 "엄마, 이제 머리카락을 미는 게 어때?"라고 말했다. 은성이는 고작 아홉 살이었다. 어린 은성이가 어떻게 내 마음을 알았을까. 머리카락을 밀고 싶지 않아서 최대한 미루고 있었다. 가족들은 내 마음이 준비될 때까지 기다렸다. 힘든 나의 마음을 알았는지 아이들은 잘 먹고 잘 놀았다. 어리다고 생각했던 아이들은 오히려 나를 챙겼다.

　시간은 지나갔고 치료는 끝이 났다. 힘든 시간을 버텨 냈다. 마음과 몸이 조금씩 회복되고 있었다. 창문으로 불어오는 바람에 머리카락이 날렸다. 빠진 머리카락은 다시 자라서 바람에 날릴 정도가 되었다. 아픈 중에도 시간은 무심히 흘러갔다. 다시 일상이 돌아왔다. 언제 아팠는지 모를 정도로 예전의 삶에 돌아와 있었다. 아프고 힘들었던 순간에 가족은 내 곁을 지켜 주었다. 내 곁에 남편과 아이들이 있어서 힘든 시간을 견딜 수 있었다. 역시 가족이 최고다.

8.

아픔이 길이
되는 순간

유방암 치료 기간을 되돌아보면 상처투성이다. 유방암과 우울증으로 인해 어둠의 터널을 지나왔다. 혼자 버텨 낸 시간이라고 생각했다. 암과의 전쟁은 길고 외로웠다. 치료가 끝나고 되돌아보니 도와준 사람이 많았다. 남편과 아이들은 늘 내 곁에 있었다. 고비 때마다 위로해 주고 지지해 주는 친구가 있었다. 치료 기간에 새로운 사람을 만나기도 했다. 아프기만 했던 건 아니었다. 행복한 순간들도 있었다. 캠핑을 통해 삶의 맛을 알게 되었다. 힘든 시간이 오면 내가 가진 것들은 보이지 않았다. 억울한 마음으로 세상을 원망했으며 원망할 대상이 없을 때는 신을 찾았다.

매일 아프기만 한 것은 아니었다. 슬프다가도 작은 것에 감사했다. 검사 결과가 좋게 나오면 다행스러웠다. 암 초기에 발견해서 치료받을 수 있다는 사실에 안도하기도 했다. 다양한 감정들이 오고 갔다. 잠시지만 행복하고 즐거운 시간도 있었다. 하지만 내 마음속에는 부정적인 감정들이 오래 머물렀다. 걱정과 근심, 두려움은 치료가 끝난 후에도 쉽게 사라지지 않았다. 상처를 곱씹으니 마음의 상처는 깊어졌다. 상처의 자리에 새살이 돋아나면서 마음은 한 걸음 나아갔다. 아픔의 과정은 지나가고 있었고 회복의 길로 방향이 전환되었다. 언젠가 아픔도 끝이 난다는 것을 알았다. 살면서 누구나 병들 수 있고 죽어 간다는 진리를 받아들였다. 아픈 과정을 통해 평범한 일상의 고마움을 알게 된 것이 가장 큰 공부였다. 암 환자라는 과거를 지울 수 없다. 건강이 회복되고 일상으로 돌아왔다. 여전히 마음의 상처는 남아 있었다. 상처와 회복 사이에 하나의 의미가 더 필요했다. 상처뿐인 시간이었다면 견딜 수 없었을지도 모른다. '상처'가 지나간 자리에는 '희망'이 채워졌다. 힘든 시간을 견디는 사람들에게 나의 경험이 희망적이었으면 좋겠다. 아픔도 언젠가는 끝이 난다는 것을 알리고 싶다.

　유방암 진단을 받았을 때는 모든 게 끝난 줄 알았다. 그 후로도 인생은 끝나지 않았다. 아픈 와중에도 삶이 계속되었다. 나와 같은 유방암에 걸린 사람이 너무나 많다. 여성에게 가장 빈번하게 발생하는 암이 유방암이다. 유방암 발생은 전 세계적으로 1위다. 여성 사망의 주요 원인이기도 하다. 우리나라 여성 인구의 20%~25%가 유방암이다. 유방암은 꾸준히 증가하는 추세를 보인다. 유방암은 조기 발견하여 치료하는 것이 중요하다. 나처럼 유방암으로 힘들어하는 사람은 여전히 많다. 유방암 진단과 치료 과정을 통해 어려운 시간을 보냈다. 처음에는 막막하고 두려움이 컸다. 어떻게 해야 할지 몰라서 당황했다. 아픔을 겪으면서 성장하기도 했다. 어려움을 극복한 경험이 타인에게 도움이 될 수도 있다고 생각하니 힘이 났다. 정호승 저자의『내 인생에 힘이 되어준 한마디』책에서 '그 누구도 밤을 맞이하지 않고서는 별을 바라볼 수 없습니다. 그 누구도 밤을 지나지 않고서는 새벽에 다다를 수 없습니다. 아름다운 꽃도 밤이 없으면 아름답게 피어날 수 없습니다.'라고 말했다. 삶에서 힘든 일을 겪어 내는 것은 필연적일 수도 있다. 고난에 어떤 마음으로 임하느냐에 따라 이후의 삶이 달라질 수 있다. 고난을 겪으면서 사람은 성장하기 마련이다.

하늘이 무너지는 듯 막막한 날들의 연속이었다. '암'이라는 단어가 자체가 주는 압박감에 질식할 거 같았다. 암은 위험한 병이라는 인식과 연결되었다. 처음에는 암에 걸리면 죽는다고 생각했다. 의술이 좋아졌지만 암이라는 단어 뒤에 비친 죽음의 그림자를 지울 수 없었다. 벼랑 끝으로 내몰렸다. 끝난 줄 알았던 삶이 계속되었다. 치료 후에도 나의 일상은 계속되었다. 세상에 향해 다시 한 발을 내디뎌야 했다. 암 치료를 마친 뒤 이전의 자리로 돌아가는 일은 낯설고 어려운 일이었다. 2년 만에 회사에 복직했다. 어떻게 해야 할지 몰라서 안절부절못했다. 전화가 오면 어떻게 대응을 해야 할지, 공문은 어떻게 작성을 해야 하는지 기억을 해 내야 했다. 내가 다니던 직장이 맞는지 낯설었다. 휴직 사이 직원들이 바뀌었다. 아는 직원도 있었지만 모르는 직원도 있었다. 새로운 직장에 온 느낌마저 들었지만, 적응하게 되었다.

적응하는 데 꽤 많은 시간이 필요했다. 1년이 훌쩍 지났다. 일과 직원은 조금씩 익숙해지고 있었다. 예전과 같은 직장 생활로 돌아왔다. 크게 달라진 것은 없지만 직장을 대하는 마음가짐이 달라졌다. 매일 새로운 마음으로 출근한다. 평범한 일상을 고맙게 생각하게 되었다. 과거와 미래가 아닌 지금 여기에서 최선을 다해 살기로 했다. 오늘은 다시 오지 않는다. 시간을 허투루 쓰고 싶지 않았다. 우울한 마음은 회복되었고, 우울증이 얼마나 힘든 병인지 알게 되었다. 불면증은 사라졌다. 머리만 대면 잘 수 있다. 식탐도 돌아왔다. 음식을 보면 식욕이 생긴다. 뱃살이 점점 늘어나고 있다. 하지만 음식 맛을 느낄 수 있어서 좋다. 힘든 시간을 지나오면서 어느 하나도 당연하지 않다는 것을 알았다. 살아 있는 '오늘'에 감사할 수 있었다. 소소한 일상이 고마웠다. 고통에는 각자의 몫이 있다는 것을 알았다. 고통의 길을 지나니 행복으로 들어서는 길이 보이기 시작했다. 살면서 고난을 만나더라도 포기하지 말라고 말하고 싶다. 고난을 지나고 난 후에야 희망을 볼 수 있다. 고난은 성장으로 가는 길목일지도 모른다. 힘들게 산을 오른 후에야 확 트인 정상을 만날 수 있듯이 힘든 시간을 통해 진정한 삶의 의미를 찾게 될 것이다.

사십 중반이 되었다. 유방암 추후 관리는 아직 끝나지 않았다. 여전히 약을 먹고 주사를 맞으며 관리를 하고 있다. 앞으로도 인생의 풍파와 고통은 피할 수 없을지도 모른다. 이만해서 다행이다. 아픔이 지난 자리에는 희망이 자라고 있었다. 나를 위한 삶을 살아갈 것이다. 외롭고 힘든 순간에 책은 위로가 되었다. 책에서 읽은 위로의 문장을 가슴에 새기며 힘든 시간을 견뎌 냈다. 책은 고통에서 희망으로 연결해 주었다. 흐르고 시간 속에 아픈 기억은 희석되고 있었다. 유방암을 극복한 나의 경험이 암으로 고통받는 사람들에게 위로가 되었으면 좋겠다. 아픈 경험은 글이 되어 새로운 길을 만나게 해 주었다.

마치는 글

　유방암을 진단받은 지 벌써 5년이 지났다. 유방암을 치료하면서 좌충우돌 여러 가지 일을 겪었다. 첫해는 유방암 치료로 고통스러운 시간을 보냈다. 치료가 끝날 때쯤 우울증이 찾아왔다. 우울증은 온 세상이 캄캄해지는 암흑 같은 시간이었다. 우울증을 이겨 내려는 마음으로 운동을 시작했다. 걷기 시작하면서 주변에 핀 꽃을 바라보게 되었다. 바쁜 일상을 살아 내느라 자연을 바라본 적이 없었다. 사는 게 바빠서 삶의 재미를 제대로 느끼지 못했다. 인생의 시기마다 삶의 재미가 달라졌다. 신혼 시기, 양육하는 시기, 부부에 집중되는 시기 등 재미는 다르다. 행복을 쫓아다녔지만 행복해지는 방법을 알지 못했다. 아픔이 지난 후 행복은 늘 내 곁에 있다는 것을 알게 되었다. 유방암이라는 역경을 통해 삶을 바라보는 시선이 변했다.

젊은 나이에 유방암에 걸린 것이 억울했고 치료는 만만치 않았다. 항암 치료의 부작용으로 머리카락이 빠지고 기력이 떨어졌다. 나의 고통을 아무도 대신해 줄 수 없었다. 나보다 먼저 유방암에 걸린 친구의 말을 듣고 충격을 받았다. 친구는 유방암에 일찍 걸려서 억울한 것이 아니라 한 살이라도 젊은 나이라서 이겨 낼 수 있었다고 말했다. 어떤 사건이든 해석은 각자의 몫이다. 살면서 일어나는 사건에 어떤 의미를 부여하는 것은 인생에 결정적인 영향을 미쳤다. 지나간 일을 재해석하는 과정은 철저히 혼자였다. 마음을 정리하거나 성장하기 위해서는 혼자 있는 시간이 필요하다. 5년 동안 고난과 아픔이 많았기에 정리하는 시간이 길었다. 혼자 있는 시간을 즐기게 되고 아픔에 새로운 의미를 붙이면서 마음은 조금씩 나아졌다. 내 일상을 관찰했고 경험한 것을 이 책에 담고자 했다. 내가 전하고 싶은 메시지는 세 가지다.

첫째, 죽고 싶다는 말은 함부로 하는 게 아니다!

"배고파 죽겠어.", "힘들어 죽겠어.", "아파 죽겠어." 말로라면 하루에도 열두 번은 죽을 일이었다. 죽음이 코앞에 있다고 생각하니 인생이 소중해졌다. 유방암을 치료하면서 여러 번의 고비를 넘어야 했다. 하지만 "죽겠다."라는 말은 다시 하지 않는다. 건강할 때는 건강한 것에 대한 소중함을 모른다. 인생이 영원할 것이라고 믿었을 때는 오늘의 소중함을 알지 못한다. 건강을 잃고 죽을지도 모른다는 생각이 들자 삶이 소중해졌다. 아이들 곁에서 더 살게 해 달라는 기도가 아직도 생생하다. '죽고 싶다.'라는 말은 '살고 싶다.'라는 말이었다. 이제야 고백할 수 있다.

둘째, 행복을 미루지 말자!

아이들은 자라서 언젠가 내 곁을 떠나갈 것이다. 워킹맘으로 살면서 육아는 남편과 시어머니의 몫이 되었다. 엄마지만 아이들과 함께 하는 시간이 부족했다. 아이들은 동네에서 엄마 없는 아이로 소문이 나기도 했다. 돈을 벌어서 생계에 보탬이 되고 싶었다. 일에 매여 있는 동안 아이들은 훌쩍 자라 있었다. 아이들은 초등학교 고학년이 되었다. 이제 친구가 좋을 나이다. 매일 쑥쑥 자라는 아이들을 보면 뿌듯하기도 하지만 함께하지 못한 시간이 아쉬웠다. 늦었지만 캠핑 다니면서 가족과 함께하는 시간을 보냈다. 행복은 미루는 것이 아니다. 미래는 알 수 없었다. 갑자기 병이 찾아올 수도 있다. 지금 당장 행복해야 한다.

셋째, 좋은 일인지 나쁜 일인지 지금은 알 수 없다.

유방암 진단은 최악이었다. 어쩔 수 없이 2년간 휴직했다. 견딜 수 없는 순간들이 연속되었다. 예상외로 휴직한 2년은 내게 많은 것을 주었다. 자연 속에서 치유할 수 있는 시간이 되었다. 아이들과 함께하는 시간이 많아졌다. 소중한 친구를 다시 찾게 되었다. 최악이라고 생각했던 2년은 오히려 선물 같은 날들의 연속이었다. 인생의 재미를 하나둘씩 알아 가기 시작했다. 좋은 일인지 나쁜 일인지 지금 판단할 필요는 없다. 힘든 과정에서 인생의 진정한 의미를 만날지도 모른다.

일요일 저녁이 되었다. 아이들과 남편이 종알거리는 소리가 들렸다. 나는 마지막 퇴고 작업을 위해 컴퓨터 앞에 앉아 있었다. 가족들은 내 방에 차례대로 들어와서 말을 걸었다. 은성이는 막대사탕을 가져와서 먹을 거냐고 내게 물었다. 내가 무엇을 하는지 궁금했던 모양이었다. 은지는 저녁을 언제 먹을 거냐고 물었다. 내가 쳐다보지 않자 입이 삐죽 나왔다. 남편은 삼각김밥을 싸 달라고 나를 불렀다. 남편에게 김밥 있는 곳을 알려 주었다. 삼각김밥은 싸는 법은 절대로 안 배울 거라는 답변이 돌아왔다. 결국, 자리에서 일어났다. 삼각김밥을 싸서 함께 먹었다. 평범한 일요일 저녁 시간이 지나가고 있었다. 특별하지 않아도 괜찮다. 가족과 함께하는 평범한 하루를 사랑한다.

글을 쓴다고 방에 틀어박혀 있는 동안 아이들을 챙겨 준 남편, 아무거나 잘 먹어서 밥 걱정은 안 하게 해 준 아들, 친구들과 영상 통화 하며 잘 놀아 준 딸, 며느리를 방해하지 않으려고 배려해 주신 시어머니, 동해에서 딸이 최고라고 응원해 준 친정 부모님, 철마다 과일과 책을 잔뜩 보내 주는 친정 오빠, 동해 친구 '꽃돼지 4인방'에게 고맙다는 말을 전한다.

마지막으로 서툴게 쓴 '유방암 극복기'를 함께해 준 독자분들께 진심으로 감사드린다.